# MÉMOIRES SECRETS DE FOURNIER L'AMERICAIN

## Claude Fournier

Edition : Culturea (culurea.fr), 34 Hérault
Contact : infos@culturea.fr
Impression : BOD, Norderstedt (Allemagne)
ISBN : 9791041977451
Date de publication : juillet 2023
Mise en page et maquettage : https://reedsy.com/
Cet ouvrage a été composé avec la police Bauer Bodoni

# AVANT-PROPOS

L'histoire des deux révolutions qui ont extirpé la tyrannie du sol de la France et qui y ont fait germer la liberté, l'égalité, enfin la République; cette histoire ne pourra être bien composée que du rapprochement des mémoires isolés que produiront les principaux acteurs de la plus grande scène qui ait jamais eu droit d'étonner l'univers. Les journaux du temps, le plus souvent, ne peuvent rapporter que sur des aperçus pris au hasard, recueillis loin du théâtre des faits et sans montrer la filière des causes d'où sont sortis les différents résultats. Le témoin oculaire et le coopérateur des grands actes révolutionnaires est dans une position bien plus favorable pour transmettre la vérité aux générations futures.

Si quelqu'un a suivi de près tous les mouvements de deux révolutions, je puis bien dire que c'est moi. Français, lisez ces mémoires et vous me verrez agissant dans toutes les circonstances éclatantes. Ce n'est point une vaine gloriole qui me fait mettre ces circonstances au jour, mais j'ai pour but d'utilité d'éclairer plusieurs points importants de l'histoire, de vous faire voir se dévoiler des manoeuvres qui vous apprendront à connaître les hommes, et que tel traître, dont le masque, au moment que j'écris, n'est point encore tombé, n'en a pas moins été une fausse idole à qui les contemporaines regretteront bien d'avoir prostitué leur encens. Enfin vous observerez plus que jamais qu'au milieu de toutes les perfidies qui nous ont assaillis, si l'on croyait encore à d'autres prodiges qu'à l'énergie et au courage des âmes libres, on affirmerait que ce n'a pu être qu'une puissance merveilleuse qui a sauvé la nation.

C'est une vérité reconnue que le sentiment de la liberté est implanté naturellement dans tous les coeurs, et que, sous les gouvernements tyranniques, tout homme qui ne vit point des abus, soupire secrètement après le moment de briser sa chaîne; mais il est encore tout naturel de remarquer que les individus qui se trouvent le plus tôt et le mieux préparés aux révolutions contre le despotisme sont toujours ceux qui en ont le plus souffert. J'étais précisément dans ce cas en France. J'y étais revenu, après vingt et un ans de domicile aux colonies, réclamer vainement justice auprès du roi et de ses ministres contre l'oppression la plus criminelle et la plus inouïe que j'avais éprouvée à Saint-Domingue dans ma personne et dans mes biens.

Il y avait en 1789 huit années entières que je poursuivais cette justice auprès des corrompus de la cour. J'avais aperçu depuis longtemps que j'étais mené par eux, et j'avais vu enfin que le parti-pris avait été de se jouer de moi et de ma fortune, de consacrer sans façon la spoliation de cette même fortune et de me réduire à la dernière indigence plutôt que de punir quelques pervers auteurs de ma ruine.

La vengeance contre une telle infamie me devait donc être toute naturelle. Ainsi j'aurais été patriote par ressentiment, si je ne l'eusse été par caractère; on ne s'étonnera donc pas de me voir remplir un rôle très actif dans chacune des luttes contre la tyrannie, dont je vais offrir la description.

# CHAPITRE PREMIER

## 30 JUIN 1789

*Élargissement des gardes françaises enfermés à l'Abbaye par ordre du despotisme.*

J'avais vu arriver avec joie, au commencement de 1789, le développement de l'esprit public qui ouvrait l'entrée à notre heureuse génération. Je contemplais en philosophe l'approche du terme où elle devait éclore et, avec des affections plus analogues à l'esprit militaire, j'attendais pour saisir la première occasion de l'accélérer. Elle se présenta au 30 juin, quand au Palais, alors Royal, on vint rapporter que plusieurs gardes-françaises venaient d'être emprisonnés à l'abbaye de Saint-Germain pour avoir refusé le serment exigé par leurs officiers de faire feu sur le peuple dans le cas où il s'insurgerait. Ces braves et généreux soldats, mille fois louables pour être les premiers qui aient rendu hommage à la liberté, devaient se voir transférer, dans la nuit, aux prisons de Bicêtre, pour y être pendus entre les deux guichets, à la manière exécrablement familière des tyrans.

Leurs camarades qui nous venaient apprendre cette horrible nouvelle nous crièrent dans leur désespoir: «*Français, on immole nos frères. Si vous perdez une minute pour les sauver, la liberté que nous sommes sur le point de conquérir vous échappe; parlez, ce moment va décider si nous serons affranchis ou esclaves.*»

Ce discours produisit son effet sur tous les esprits. J'en remarquai la bonne disposition sur tous les visages et j'en profitai; ce fut moi qui, élevant la voix du milieu de la foule, m'écriai: «Amis, le temps presse, ne reculons pas le moment de la liberté, les tyrans font leurs derniers efforts pour l'étouffer avant sa naissance: intimidons-les par notre courage; si quelqu'un hésite de se mettre à votre tête, me voici tout prêt; allons délivrer nos généreux frères, marchons à l'Abbaye.»

Ces derniers mots: *Marchons à l'Abbaye*, furent comme un écho répété par toutes les bouches, et dès l'instant le peuple à ma suite vola à la forteresse qui renfermait les victimes.

Arrivés à la porte, l'ouverture en est demandée simultanément par moi et plusieurs autres citoyens; on la refuse.

Je ne délibère pas, je me transporte, avec plusieurs compagnons de cette expédition, dans la Cour du Dragon. Nous y faisons emplettes, et je paie de mon argent des masses et des pinces, avec lesquelles nous allons briser et enfoncer les fatales portes. Nos détenus, qui étaient avec l'affreuse perspective de n'avoir plus que pour quelques moments d'existence, se voient rendus à la vie; ils joignent leurs acclamations de joie aux nôtres et ils reviennent avec nous au Palais-Royal, où tout le peuple qui les attend leur donne des fêtes. On s'embrasse fraternellement, on jure de se soutenir les uns les autres vis-à-vis de tous les efforts du despotisme contre la liberté naissante; c'est dans ces sentiments que tous ceux qui aspiraient à être bientôt des citoyens se quittent ce jour-là.

Croira-t-on que généralement on était encore si loin des principes à cette époque que, le lendemain de l'événement que je viens de décrire, on parut croire que ceux qui, la veille, avaient été soustraits au couteau de la tyrannie par la protection du peuple souverain avaient besoin du pardon de celui qui, à Versailles, n'exerçait la suprême puissance que par usurpation?

Il est cependant vrai qu'on fit pour les gardes françaises l'absurde démarche d'aller à ce Versailles solliciter *leur grâce* auprès du dernier roi, qui, au milieu des agitations révolutionnaires qui se succédaient alors avec beaucoup de rapidité, n'osa point manifester évidemment les véritables dispositions de son âme altière. Il est très sûr que ce fameux despote était vivement choqué de l'acte auquel les prisonniers devaient leur délivrance. Le plus profond mépris de son insolente autorité n'y était pas déguisé. Ainsi, au lieu de grâce, il eût satisfait son inclination sanguinaire en envoyant bien vite au gibet ceux qui, par un coup heureux, en étaient déjà échappés.

Mais le moment était un moment de terreur pour le tyran; il devait donc, ainsi qu'il a toujours su si bien le faire, dissimuler. Il le fit, mais pourtant sans perdre l'espoir de satisfaire sa vengeance et sa soif du sang.

Le système des tyrans en chef et subalternes, pour étouffer les premières étincelles de la liberté et perpétuer l'esclavage de la nation, était de faire de temps à autre, divers essais pour faire assassiner le peuple par les troupes. On avait commencé par provoquer le pillage et l'incendie de la manufacture Réveillon, pour prendre occasion de faire fusiller les citoyens par les soldats.

Mais l'opinion publique qui, bientôt éclairée sur cette atrocité, criait vengeance contre leurs auteurs; mais les soldats qui déploraient amèrement l'erreur qui les avait rendus l'instrument d'une telle oppression, avaient déjà rendu à cette époque le despotisme très circonspect et très craignant de blesser le peuple. Il crut que des instants plus prospères pourraient bientôt succéder. En conséquence, il temporisa. Mais, le 14 juillet, jour marqué dans les destins des siècles, arriva pour déranger tous les noirs projets des oppresseurs de la terre. La justice de fait fut rendue aux braves gardes françaises et le despote n'eut plus le temps de songer à les punir.

# CHAPITRE II

## 12 JUILLET 1789

*Lambesc aux Tuileries.*

Jusqu'à l'époque à jamais mémorable du 14, l'infâme horde des valets de la cour n'avait point encore appris ce que peut le peuple uni dans toute sa masse et qui, las du joug, a sérieusement résolu de le briser. Cette caste orgueilleuse de soi-disant nobles, en possession depuis des siècles de vexer impunément la multitude, croyait toujours conserver cet odieux privilège.

C'est sans doute sur ces principes que l'atroce Lambesc fit le 12 son entrée aux Tuileries, où il commit l'acte affreux de massacrer un vieillard paisible et sans défense.

Ce fut aux cris que le sang de cette victime fit jeter à tout Paris que plusieurs citoyens et moi, toujours en éveil depuis qu'il était question de travailler au salut de la patrie, nous nous rendîmes sur le théâtre du sacrifice.

Des épées étaient les seules armes que les simples particuliers eussent alors. C'est avec ces frêles instruments de défense que nous osâmes braver la fureur du sanguinaire Lambesc et de sa troupe aveuglément féroce. Le seul courage de la liberté nous rendit complètement victorieux du maître esclave et de ses subalternes. Nous les expulsâmes du Jardin des Tuileries, et, pour assurer le succès de notre expédition en prévenant leur retour, nous sommes restés jusqu'à minuit à la place de la Révolution, lors appelée *de Louis XV*. Personne ne s'avisa de venir nous y troubler.

## CHAPITRE III

## 13 JUILLET 1789

*Première formation des citoyens en corps armé. J'en suis nommé le chef.*

Déjà l'on était bien pénétré que le temps était venu de travailler à la conquête de la liberté; ainsi chacun sentait qu'aucun moment n'était à perdre. Tous les bons citoyens étaient en état de surveillance permanente. L'annonce des dangers avait fait porter le peuple, dès les quatre heures du matin, au Palais-Royal, aujourd'hui le jardin de l'Égalité.

J'y arrivai à cinq heures.

Le peuple délibérait pour la formation des citoyens en corps national armé et pour le choix d'un chef. Ce fut sur moi que ce choix tomba. Dès lors nous nous mîmes en état permanent de service militaire, et chacun de nous appréciant déjà, dans toute leur étendue, les devoirs que lui impose la qualité de défenseur de la liberté, considère que sa tâche n'est plus que de se mettre en perpétuelle opposition contre le despotisme et tous ses satellites.

Je sors du Palais-Royal à la tête de mes frères d'armes. La seule confiance qu'inspire le sentiment de la liberté nous faisait nous considérer comme étant en armes. Nous n'avions encore que des bâtons, de vieilles épées, des croissants, des fourches, des bêches, etc., et c'est dès ce moment que commencèrent les patrouilles. Nous entrons dans la rue Saint-Honoré, et parvenus devant la porte de l'Oratoire, nous arrêtons un cavalier qui portait des paquets à Saint-Denis aux troupes qui y étaient campées. Je fis saisir ces paquets et nous les portâmes à l'Hôtel de Ville.

J'en descendis et, avec l'avis de mes camarades, je fis aussitôt sonner le tocsin. Déjà trop d'indices s'étaient cumulés pour nous faire sentir la nécessité de cette grande mesure. Ce son d'alarme ayant donné l'éveil général dans Paris, ce me fut une conquête aisée que celle de m'emparer de plusieurs corps de garde occupés par des soldats encore au compte des despotes, mais dont le coeur était déjà gagné à la nation. Presque tous vinrent s'unir à moi et grossir ma troupe; elle s'augmenta spécialement de tous les braves du corps de garde de la pointe Saint-Eustache et de celui des gardes françaises de la rue de la Jussienne.

A trois heures, nous nous sommes ralliés à l'église Saint-Eustache et j'y fus proclamé commandant à l'unanimité. Mon corps se montait le même soir à huit cents hommes, lorsque nous nous emparâmes à la nuit tombante de la salle des francs-maçons, rue Coq-Héron, où j'établis mon corps de garde.

# CHAPITRE IV

## 14 JUILLET 1789

*Mon rôle à la Bastille.*

La chaleur de la liberté était montée au plus haut point du thermomètre. Tous les esprits se trouvaient animés de son feu divin. Le peuple était parvenu à acquérir le sentiment de la souveraineté, et il ne voulait pas tarder davantage à montrer aux despotes qu'il était capable d'en prendre l'exercice.

J'avais senti avec tous les bons patriotes que le moment de livrer combat était arrivé. Il fallait s'y préparer par toutes les dispositions nécessaires. Je vais à la Ville avec un détachement nombreux pour demander des munitions; on m'en refuse. Le scélérat Flesselles, prévôt des marchands, et ses échevins n'avaient pas un système qui s'adaptât à nos projets de révolution. L'indignation que leur procédé excite en moi m'aurait peut-être porté à des mouvements sinistres, si je n'eusse éprouvé une diversion par des cris: *à la Bastille!* qui tout à coup vinrent remplir la place de Grève et tous les environs de la Maison de Ville. Je cours avec mon détachement à la Bastille, je me place près du pont-levis, du côté des cuisines: on jugera que je n'étais pas dans l'endroit le moins périlleux, quand j'aurai appris que deux citoyens à mes côtés furent blessés à mort, que deux jeunes gens de douze à quinze ans y eurent chacun un bras percé d'une balle, et que moi-même je fus légèrement blessé à la jambe droite.

J'aperçus que, sans munitions, sans armes, nous étions dans la situation de ne pouvoir opposer qu'une bonne volonté inutile et que nous péririons tous l'un après l'autre sans rien gagner sur nos ennemis. Alors je jugeai que c'était déjà trop de sang versé sans fruit et qu'il ne fallait pas laisser plus longtemps des braves gens exposés en vain.

J'arrêtai une double mesure, celle de faire transporter mes blessés à l'Hôtel de Ville et celle d'y retourner moi-même pour montrer les dents aux traîtres municipes d'alors et en obtenir, bon gré mal gré, des munitions.

Je trouvai à la Ville l'infâme Flesselles et l'intrigant Lasalle. Je les forçai de me délivrer dix livres de balles et six livres de poudre; ce fait est constaté par les procès-verbaux de l'Hôtel de Ville. On peut y vérifier que c'est moi qui m'y suis fait délivrer des munitions le premier et qui de suite en ai fait délivrer à deux ou trois autres personnes à peu près même quantité.

De ce moment, mes vues sur le plan d'attaque de la Bastille s'étendirent. Je n'eus pas de peine à concevoir que les secours que je venais d'obtenir étaient trop faibles pour mettre à portée de faire avec avantage le siège de la forteresse. J'avise donc à de plus grands moyens. Je descends sur la place de Grève; là, ma sensibilité est mise à l'épreuve par le spectacle de mes blessés que je retrouve et que personne n'a encore songé à secourir. Après avoir pourvu à ce qu'ils soient transportés à l'hôpital, je distribue mes munitions aux citoyens de mon commandement qui avaient des fusils et je les renvoie à la Bastille pour garder, en attendant mon retour, une grosse pièce de canon déjà saisie par mes frères d'armes à l'arsenal.

Je poursuis aussitôt l'exécution du plan que je viens de dire avoir conçu de procurer de grands moyens de vaincre. Je cours à la tête de mes braves aux Invalides; nous y pénétrons sans éprouver de résistance notable; sans doute, ce fut moins le patriotisme que la peur qui détermina l'état-major des Invalides à ne point montrer une grande opposition, lorsque les citoyens se présentèrent chez eux.

Les officiers de cette maison firent cependant preuve de dispositions bien équivoques, lorsque je leur demandai des armes, et qu'ils répondirent n'en point avoir. Il fallut leur en arracher. A la suite d'une perquisition très exacte, nous découvrons dans une cave 1,800 fusils que je fais distribuer tant à mon corps qu'à d'autres citoyens. On sait que ce n'était là qu'une partie des armes des Invalides, et qu'il y fut pris en tout, ce jour-là, trente-deux mille fusils.

Je me transporte dans un magasin où je suis instruit qu'il y a des munitions; nous y prenons plusieurs barils de poudre. Je me reconnais dès lors un peu plus en état de me présenter devant l'antre fameux du despotisme.

Dans les grands moments de crise, il est bien avantageux de songer à tout. Je ne devais pas perdre de vue l'ordre intérieur: c'est pourquoi je détachai une partie de mon monde pour l'envoyer faire le service au corps-de-garde de la rue Coq-Héron. Avec le surplus, je me rendis de nouveau à la Bastille. C'est en y faisant notre entrée victorieuse que nous aperçûmes les premières véritables lueurs de la liberté.

Je ne participai en rien à la conduite qui fut faite de De Launey à l'Hôtel de Ville. Je restai à la Bastille avec mes frères d'armes pendant toute la nuit, pour assurer dans ces premiers moments la conservation de notre intéressante conquête.

## CHAPITRE V

## 15 JUILLET 1789

*J'achève la destruction du tombeau de la tyrannie. J'en sauve les papiers.*

A la pointe du jour, je me rendis à mon corps-de-garde où j'ai rassemblé une grande force armée, composée d'un nombre considérable de citoyens ensemble, de gardes françaises, gardes suisses, etc. Je revins avec ce renfort à la Bastille. J'avais senti la nécessité d'avoir ce renfort pour lever les obstacles qui s'opposaient à ce que les patriotes achevassent ce que la veille ils avaient si heureusement commencé.

On avait bien ouvert la plupart des cachots le 14; on avait délivré les prisonniers qui s'y étaient trouvés; mais la précipitation et l'étourdissement avaient été le résultat nécessaire de la scène extraordinaire qui s'était offerte. Plusieurs cachots s'étaient dérobés à l'exactitude des recherches du même jour 14; découverts le 15, j'en avais requis l'ouverture. Des hommes, sous le nom de députés de l'Hôtel de Ville, s'y opposaient. Étonnante chose que, le lendemain d'un jour où le peuple français avait déployé tant d'énergie, des esclaves eussent osé vouloir faire rétrograder la Révolution! J'entre; je fais occuper tous les postes par ma troupe; je demande aux prétendus députés leurs pouvoirs; je demande également les clés des cachots qui restent à ouvrir: on me refuse tout. Je prends le parti de faire rompre et briser toutes les portes de ces affreuses demeures sépulcrales, où nous nous attendions de trouver encore quelques victimes enterrées vives. Personne n'habitait plus ces sombres et infernaux séjours; mais des chaînes, et autres instruments de supplice qui s'offrirent à notre vue, nous apprirent que c'était là où les malheureux que l'on voulait conduire à la mort par de longues souffrances expiaient des actes sans doute vertueux aux yeux de la raison, mais qui, aux yeux du despotisme, étaient les derniers des crimes.

Trois mesures importantes me restaient à suivre à la Bastille pour assurer à la nation tout l'avantage qu'elle pouvait tirer de sa conquête. J'en dirigeai l'exécution avec toute l'exactitude qu'un zèle sans bornes peut inspirer.

La première de ces mesures consista à déloger tout le canon de la Bastille pour en armer Paris: mes frères d'armes, ainsi que moi, nous en fîmes la distribution dans tous les districts.

La seconde mesure était de mettre dans un sûr dépôt une quantité immense de papiers dans lesquels il devait se trouver de quoi transmettre à la postérité l'histoire complète des grands forfaits du despotisme en France, afin de léguer à nos neveux, avec la liberté consolidée, une perpétuelle horreur et un sentiment durable de défiance contre le retour de la tyrannie.

Nous fîmes charger quatre voitures de ces papiers, que nous avions réunis tant dans des cartons que dans des caisses, et nous les déposâmes à l'Hôtel de Ville.

J'observe que ce n'était encore qu'une partie des papiers de la Bastille. Le peuple, avide de pénétrer dans les horribles secrets du despotisme, en avait fait la veille un très grand gaspillage. J'ai de Manuel une lettre par laquelle il m'avait annoncé que le dépouillement serait fait de cette partie déposée à la Ville, et que cet extrait des atrocités de la tyrannie recevrait la publicité la plus complète. J'ignore pourquoi rien n'en a été fait. Mais Manuel m'a appris à le connaître: il a eu apparemment ses raisons de cacher au peuple les monstrueux secrets du despotisme. Et pourquoi le Conseil général de la Commune ne met-il pas au rang de ses devoirs de les dévoiler? Ces horribles mystères appartiennent au peuple. Comme citoyen, comme membre du peuple, je somme, au nom du peuple, le Conseil général de lui donner connaissance de ce dépôt horrible et précieux.

Enfin, la dernière mesure fut de désespérer l'aristocratie, qui pouvait croire à une nouvelle résurrection, et de lui montrer la volonté ferme et constante du peuple français, en prévenant la réédification du monument honteux de la barbarie des rois.

Mes harangues au peuple, pour l'engager à se livrer à la démolition de la Bastille, eurent un prompt effet. Un peuple disposé aux révolutions pour la liberté est très docile aux conseils d'exécution qui lui sont donnés pour tout ce qui lui paraît tendre à le faire arriver au but.

## CHAPITRE VI

## 16 JUILLET 1789

*Je préviens l'incendie des lettres à la poste.*

Un moyen infernal avait été inventé par la coalition aristocratique et de la cour pour rendre infructueux les généreux efforts du 14. On s'était flatté d'armer les provinces contre Paris et d'assurer la guerre civile par une mesure doublement perfide. Tandis que, d'un côté, on expédiait des courriers dans toutes les parties du royaume, pour annoncer que Paris était en cendres et que l'on y avait massacré tous les patriotes et jusqu'aux femmes et enfants, on avait arrêté d'un autre côté d'empêcher les véritables relations de parvenir, en incendiant toutes les lettres à la poste. Averti secrètement de cette atroce manoeuvre, j'investis l'hôtel des postes, je m'empare du ci-devant baron d'Ogny, directeur général. J'arrête l'incendie déjà commencé depuis une demi-heure dans une grande grille de fer, au milieu d'une cour bornée par quatre murailles. Je conduis d'Ogny à l'Hôtel de Ville, où il subit interrogatoire. Je demande deux députés de l'Assemblée constituante, pour concerter avec eux les mesures convenables. Je propose un arrêté pour nommer dans l'instant quatre commissaires pour vérifier les départs et arrivées des lettres, afin d'assurer la correspondance de l'Europe, et rassurer le royaume et les étrangers sur le sort de la nation. On adopte cet arrêté dont j'exigeai aussitôt l'affiche dans tout Paris. Son résultat est de rendre dès ce moment la correspondance très exacte. Mais d'Ogny, dont la scélératesse méritait la plus exemplaire répression, reçut de la part de deux traîtres que la France aveugle idolâtre et dont elle se repentit depuis, d'Ogny reçut, dis-je, de Bailly et de La Fayette une récompense éclatante de ses affreux services. La postérité voudra-t-elle croire que La Fayette parvint à faire nommer d'Ogny commandant à ma place du bataillon de Saint-Eustache?

Ceci cesse d'étonner, lorsqu'on considère que les deux fameux intrigants que je viens de nommer étaient à cette époque en possession pleine et entière de l'esprit public qu'ils étaient complètement parvenus à égarer. Le faux masque de patriotisme sous lequel ils couvraient leur duplicité, était tel qu'il fallait, pour les mettre à portée de paralyser la nation sans qu'elle s'en aperçut. Mon énergie civique n'entrait point dans leur plan. Les volontaires du corps de garde firent faire à leurs frais un drapeau avec cette inscription qui fut toujours ma devise: *Étendard de la liberté. Destruction des tyrans*. Ce n'était point de cela dont il s'agissait dans le système des La Fayette et des Bailly.

## CHAPITRE VII

## 5 OCTOBRE 1789

*Voyage de Versailles.*

Depuis que l'intrigue perverse des deux directeurs de la France m'avait supplanté pour mettre à ma place un grand scélérat, j'étais resté coi dans mon asile, après m'être écrié comme Brutus: *O vertu! tu n'es donc bonne à rien sur cette terre dépravée!*

Mais le spectacle de mes frères criant la faim, à l'époque du 5 octobre, ne put plus contenir davantage ma sensibilité. L'exécrable horde aristocratique et royale avait formé le complot de réduire à l'esclavage, par la famine, cette nation qu'elle ne voyait pas lieu par d'autrès moyens de faire renoncer à son projet de conquérir sa liberté. J'entends, ce jour-là, dès sept heures du matin, les cris d'une alarme générale et le tocsin qui sonne. Je cours à la Ville. J'y trouve le peuple qui, à ma vue, s'écrie: «*Fournier, conduisez-nous à Versailles où nous voulons aller demander du pain.*» Je répondis que j'irais si je pouvais rassembler une force armée suffisante.

Le corps des Vainqueurs de la Bastille se mit en mouvement le premier et, de concert avec les femmes, il fut à Versailles où il s'empara, au milieu de la place d'Armes, des gardes du corps et des troupes du despotisme qui y étaient postées.

Je ne crus pas devoir perdre un moment. Je courus dans Paris pour rallier le plus qu'il me serait possible de bons citoyens.

Arrivé à Saint-Eustache, j'y trouve d'Ogny, commandant, mon successeur, sous lequel les citoyens refusaient de marcher. D'Ogny eut la bassesse de recourir à moi pour me prier de les rassembler; il s'agissait du salut public; je ne me prêtai pas à d'autres considérations. Je n'eus besoin que de dire à mes anciens camarades: «*Frères, me reconnaissez-vous?*» A l'instant, toutes les compagnies furent sous les armes. Croira-t-on qu'aussitôt d'Ogny eut l'impudeur de se mettre *avec moi à la tête* de ces mêmes compagnies qui se rendirent à l'Hôtel de Ville? Là s'engagea un conflit pour savoir à qui, de d'Ogny ou de moi, resterait le commandement. Une bonne partie des citoyens et des troupes se rangea de mon côté. On observa que nous n'avions point d'étendard pour faire notre ralliement. J'allai chercher le drapeau à la fameuse devise: *Destruction des tyrans.*

De retour à la Ville, je trouve tout le peuple et les gardes françaises qui me crient: «A Versailles, Fournier, commandez-nous.» Je fait battre le rappel, et j'assemble tout le monde de bonne volonté.

Alors d'Ogny descend de la Ville: «Qui vous a donné l'ordre de battre? demande-t-il aux tambours. – C'est moi, répondis-je en m'avançant. – Qui vous en a donné l'ordre? réplique-t-il.» Je lui dis du ton le plus ferme: «Le tocsin et le peuple souverain.» Alors il s'exhala contre moi en menaces que je fis cesser en le poursuivant avec mon sabre nu. Il s'enfuit dans l'Hôtel de Ville où je le suivis.

Mais la réflexion me fit abandonner ce lâche pour m'occuper du sycophante La Fayette que je trouvai dans un des appartements de la Maison de Ville, occupé à faire de grandes motions qui n'étaient pas les miennes ni celles du peuple.

Je lui adressai la parole pour lui dire:

«Général, le peuple vous demande en bas, sur la place de Grève; il faut dans l'instant descendre, il en est temps; le peuple veut faire le voyage de Versailles pour chercher du pain: je vous exhorte de ne pas différer.» La Fayette obéit. Je descendis aussitôt. Il se porta sur ma colonne où, s'adressant à moi avec un petit imprimé à la main, il me dit: «Fournier, comment, vous sur qui je comptais le plus pour me donner des détachements pour aller à quarante et cinquante lieues d'ici, chercher des farines, est-ce que vous me manquerez aujourd'hui?»

Ce piège grossier, pour faire diversion au grand objet qui nous occupait, n'eut pas de prise sur moi. «Oui, général, répliquai-je, je vous manquerai aujourd'hui. C'est à Versailles qu'il faut aller et il est temps de partir.» Cette réponse faite, je saisis mon rôle de commandant: «Attention, à gauche, à Versailles!...» Ausstôt, deux femmes se portèrent vers La Fayette et lui dirent, en lui montrant du doigt le fameux réverbère: «A Versailles ou à la lanterne!» A ces mots, il part; nous sommes partis.

Mais nos scélérats avaient arrêté entre eux d'employer tous leurs efforts pour faire manquer la partie. D'Ogny était devenu le lieutenant de La Fayette; il marchait à ses côtés. Nous n'étions qu'à la hauteur du Pont-Neuf, lorsqu'on nous fit faire une première halte. Alors le général et d'Ogny vinrent à moi, et me dirent: «Nous ne devons point partir sans munitions; vous pourriez en aller prendre au district de Saint-Eustache.» Je soupçonnai bien que cette amorce couvrait encore quelque dard nouveau; c'est pourquoi je me précautionnai. Je consentis d'aller chercher des munitions avec ma première colonne, mais je dis à ma seconde de m'attendre à la hauteur des Champs-Elysées avec le général et de ne pas le perdre de vue.

Arrivé à Saint-Eustache, quel fut mon étonnement d'y voir d'Ogny et de l'entendre crier aux troupes entrées dans l'église et rangées en bataille: «Haut les armes, chacun chez vous, je vous l'ordonne au nom du général!» Indigné, je m'écrie: «Halte-là, citoyens!» Je prends aussitôt mes épaulettes, je les foule aux pieds, je crie de toutes mes forces *que c'est ainsi que mérite d'être foulé aux pieds le lâche qui vient d'oser ordonner aux citoyens de retourner chez eux*. Je rattache mes épaulettes et je dis à ma troupe: «Citoyens, qui m'aimera, me suivra»; et m'adressant aux femmes: «Vos enfants meurent de faim; si vos époux sont assez dénaturés et assez lâches pour ne pas vouloir aller leur chercher du pain, il ne vous reste donc plus qu'à les égorger.»

L'effet de ce discours fut des plus funestes à d'Ogny. Il ne fut pas plutôt prononcé que les femmes tombèrent sur lui et lui distribuèrent tant de coups de poing et de pied dans le ventre qu'elles le forcèrent à marcher et qu'il mourut peu de temps après des suites de ce traitement qu'il avait trop mérité.

J'allai rejoindre aux Champs-Elysées le corps que j'avais quitté au Pont-Neuf, et alors nous paraissons marcher tout de bon pour Versailles.

Lorsque nous fûmes vis-à-vis la manufacture de Sèvres, il vint à passer une voiture qui s'annonçait sous le titre d'équipages de La Fayette. Elle était conduite par huit chevaux de poste; des hommes, au nombre de huit à dix, habillés en grenadiers nationaux, étaient montés sur l'impériale, sur le siège et derrière. Ils criaient tout le long des colonnes: «Gare, laissez passer, ce sont les équipages du général.»

A ce mot *du général*, j'arrêtai la voiture et je dis: «Ce serait la voiture du diable, je l'arrêterais pour savoir ce qui est dedans.» Aussitôt une nuée de mouchards et de coupe-jarrets me circonscrit et fait échapper la voiture. Je demande si on ne démêle point la préméditation d'un départ commun du roi et du général, puisque c'est à la même heure et au même moment que la garde nationale de Versailles, toujours active et patriote, et les Vainqueurs de la Bastille, que j'ai dit ci-dessus être partis les premiers et en avant, ont arrêté à Versailles les équipages de la maison royale au bas de l'Orangerie et qu'ils les ont fait rentrer en lieu de sûreté.

Les intentions perfides de ce malheureux La Fayette ne paraissent plus équivoques, quand on se ressouvient qu'il fit faire aux citoyens armés cinq ou six stations de Paris à Versailles, au milieu d'un déluge de pluie et du temps le plus affreux qui ne permit d'arriver qu'entre minuit et une heure.

C'est ainsi qu'on donnait le temps à d'Estaing de préparer toutes les manoeuvres criminelles de la Cour et du traître général. Ce d'Estaing abandonna à dessein son poste de la garde nationale de Versailles pour s'occuper plus utilement au château; mais, ayant été instruit de la trahison, je m'emparai du corps de garde des ci-devant gardes françaises et du parc d'artillerie où j'établis bonne sûreté. La preuve de ce fait existe par le témoignage du citoyen de Versailles commandant du poste et par une attestation de l'aide de camp Gouvion qui était venu à deux heures du matin pour s'emparer de ce poste. Mais je mis mes moustaches en travers et lui dis*qu'il était temps de déguerpir et de f... le camp*. Il me demanda la permission d'entrer dans le corps de garde pour écrire une lettre à la municipalité de Paris. Je lui dis *qu'il le pouvait et que je m'en f... encore*. Après une heure de réflexion et après avoir fumé deux pipes, il fut obligé d'aller fumer la troisième auprès de son général, qui était allé soupirer auprès de Marie-Antoinette et réfléchir sur les inconvénients des grandeurs.

Le 6, à cinq heures du matin, j'allai à la découverte, accompagné de deux officiers de mon poste. J'allai jusque sur la terrasse du château du côté de l'Orangerie. Là, je vis toute la terre labourée par la trace de plusieurs chevaux. Ma curiosité me porta à vouloir découvrir de quel côté cette cavalerie avait dirigé ses pas. Je tournai du côté de Trianon et je poursuivis ma route vers l'escalier de marbre. Parvenu vis-à-vis les appartements de la ci-devant Madame *Véto*, j'aperçus deux gardes des Cent-Suisses qui étaient en ligne perpendiculaire de sa fenêtre. Je voulus leur parler, et tirer d'eux, s'il se pouvait, quelques instructions. Ils me dirent que La Fayette et les gardes du corps et tous les gentilshommes de la Cour étaient des f...gueux, qu'ils avaient voulu les soûler la veille, qu'ils avaient accepté un verre de vin sans vouloir entrer pour rien dans leurs complots; que les gardes du corps leur avaient dit: «A votre santé, camarades, et à la santé du roi.» L'un de nous, poursuivirent-ils, donna un signal aux autres et nous nous sommes retirés en leur disant: «*Comment! nous sommes aujourd'hui vos camarades, et vous avez coutume de nous regarder comme des valets de porte!*»

Nous fûmes bientôt distraits du récit que ces braves Suisses nous faisaient, lorsque, frappant cinq heures trois quarts, il entra dans la cour de marbre une quantité innombrable de peuple qui se porte sur les gardes du corps en faction, que l'on enleva en poussant force cris: *A la lanterne!*

J'ai cru qu'il était de mon devoir de ne point préjuger de coupables. Je voulus leur sauver la vie, mais inutilement. Le premier arrêté eut le ventre ouvert d'un coup de couteau: il expira à mes pieds. Il fut démonté de ses armes, et son mousqueton, qui me resta dans les mains, est encore chez moi.

Je courus aussitôt dans le château et je me trouvai encore à temps de prévenir une partie des gardes du corps et de les sauver. Je crus par suite faire une bonne action en avertissant cette malheureuse ci-devant reine de se sauver chez son mari.

Je fis, en outre, fermer les portes des Cent-Suisses et je formai un mur de mon corps pour empêcher le massacre général dans le château. Je bravai plus de vingt coups de feu pour cela, dans la conviction où j'étais alors que je me livrais à un acte méritoire; on n'avait pas encore à cette époque la mesure entière de la monstruosité de ces êtres dont on a connu depuis toute la noirceur de l'âme.

Je me rendis au corps de garde et envoyai aussitôt un officier de mon poste pour faire battre la générale. Nous réunîmes toute la force pour contenir ce grand mouvement populaire, dont les efforts tendaient à la punition instante des chefs des traîtres.

Nous nous présentons dans la cour de marbre; là nous demandons le ci-devant roi au balcon; il y paraît avec sa femme, ses enfants et La Fayette. Les deux ou trois bouts de phrase qu'il y profère ont l'air de stupéfier la plupart des auditeurs: tant il est vrai que les chaînes de l'esclavage et de l'idolâtrie pour les rois avaient empreint chez nous des marques bien profondes! Je voyais l'heure où tout le monde aurait repris la route de Paris sans donner plus de suite à cette démarche.

Je m'adresse à cinq ou six de ces femmes qui, sous le titre et l'enveloppe de poissardes, cachent des qualités morales et surtout un jugement qui les rend capables de toujours bien apprécier un bon avis. Je me mets au niveau de leur intellect et, empruntant le ton du père Duchesne et leur mettant le poing sous le nez, je leur dis: «*Sac… b….esses, vous ne voyez pas que La Fayette et le roi vous c….. quand ils disent qu'ils vont entrer dans leur cabinet pour vous donner du pain. Vous n'apercevez pas que c'est pour vous renvoyer et pour vous rendre des fers et la famine. Il faut emmener à Paris toute la sacrée boutique…*»

Ces paroles ne furent pas plutôt exprimées et je ne les eus pas plutôt fait suivre du geste de porter mon chapeau au bout de mon sabre en criant: *A Paris, le roi à Paris*, que cinquante mille voix répètent ce même cri: *A Paris*, et, de suite, l'on part….

Nous sommes encore partis.

C'est moi qui fus chargé d'aller en avant pour annoncer à la municipalité de Paris la nouvelle de l'arrivée dans la capitale du maître de Versailles, et que le peuple, dont tel était le bon plaisir, l'y conduisait.

## CHAPITRE VIII

## 1789

*Journée des poignards – Démolition de Vincennes.*

Il n'était pas échappé aux yeux de La Fayette que j'avais eu une part suffisante aux événements qui viennent d'être décrits. Aussi prit-il toujours grand soin de m'écarter et de faire remplir tous les emplois par des aristocrates et des scélérats. Sans doute, on espérait de me dégoûter par l'ingratitude. Mais moi, qui n'ai jamais servi la patrie que pour la satisfaction de la servir, je ne sentis jamais mon zèle diminuer, comme on en verra les preuves dans le plus grand nombre de faits qui me restent encore à rapporter.

Cette fameuse conspiration des poignards, que la divinité qui a toujours veillé sur le sort de notre liberté a fait échouer comme tant d'autres, j'eus, quatre jours avant son exécution, des indices de son existence. Je savais la diversion qu'on devait donner au peuple par la feinte démolition de Vincennes. Je savais que tout cela était tramé par les deux perfides, Bailly et La Fayette. Je voulais prévenir le coup dont ils menaçaient la patrie, et pour cela j'allai faire ma dénonciation au club des Cordeliers. Legendre, faisant alors les fonctions de président, proposa et fit délibérer une députation aux Jacobins, pour y transmettre cette dénonciation. Je fus de la députation.

Arrivé aux Jacobins, j'eus la parole, et je voulais entreprendre de dénoncer l'affreux complot, quand je vis ma voix entièrement couverte par des cris aussi affreux d'épauletiers, de coupe-jarrets et de mouchards que le traître général et le scélérat maire tenaient toujours apostés dans ce club respectable.

Malheureusement, les patriotes n'y étaient point en force ce jour-là. Cependant je ne perdis point courage et après de grands efforts pour faire percer ma voix à travers toutes celles de ces aboyeurs gagés, je parvins à pouvoir déclarer à l'assemblée du club et au président que j'étais si sûr de ce que j'avançais, que je dénonçais particulièrement pour être de la conjuration tous ces individus qui prenaient feu, et que je défiais chacun d'eux d'oser venir m'en demander la preuve.

Peut-être s'étonnera-t-on que je sois sorti sans encombre de tant de circonstances où l'on me voit montrer une conduite qui sans doute parait avoir tenu de la témérité. Je réponds que je ne marchais jamais sans avoir dans ma poche la résistance à l'oppression et que j'avais juré, partout où je m'étais présenté, que si l'on avait le malheur de m'arrêter, je ferais un exemple de justice tiré du seul droit de nature.

Voilà ce qui a toujours arrêté l'exécution de beaucoup de mandats d'arrêts lancés contre moi par les grands inquisiteurs de juges de paix.

## CHAPITRE IX

## 1789

*Troubles provoqués par la voie des spectacles.*

L'aristocratie s'était promis d'inoculer l'incivisme par les canaux des théâtres. Cette maudite pièce de .... fut celle qui fit le plus de fortune et avec laquelle les bas flatteurs du royalisme insultèrent le plus lâchement aux patriotes. Impatienté, je dis un jour à bon nombre de ces derniers: Rendons-nous en force au Panthéon (*sic*), et vous verrez que nous saurons nous venger de toutes ces bravades trop longtemps souffertes. Nous partons: *A bas la pièce et les aristocrates!* nous écrions-nous dès que la scène s'ouvre. On nous répond: *A bas les Jacobins!* Un combat s'engage et plusieurs coups d'épée et de sabre sont donnés et reçus. Les patriotes, inférieurs en nombre à la faction royaliste, furent contraints de me laisser presque seul dans le parterre. J'y fus en butte à toutes les insultes des femmes entretenues par les chevaliers du poignard, qui en voulaient surtout infiniment à ma coiffure de jacobin ou de sans-culotte dont on connaît l'élégance et qui a eu pourtant depuis tant d'imitateurs.

Je montai sur un banc et, là, je bravai toutes ces furies. J'osai seul leur répondre que la pièce ne serait pas jouée. Alors vinrent se rallier autour de moi mes bons acolytes qui avaient déjà emporté contre nos adversaires la première partie du combat. Nous voulûmes gagner victoire complète. Nous ne désemparâmes pas que nous n'ayons (*sic*) mis tout le monde dehors, et traîné messieurs les pages dans la boue, ainsi que leurs belles donzelles, que l'on couvrait de neige et de fumier.

## CHAPITRE X

*Licenciement des troupes patriotes.*

C'était une suite du système conspirateur dont on ne perdait jamais l'espoir de recueillir un plein succès. La Fayette et Bailly, ordinairement en tête de tous les complots, se trouvaient encore dans celui-ci. Déjà La Fayette avait congédié les compagnies et les corps entiers dont le civisme trop fervent et trop pur lui avait porté ombrage. Cet outrage aux vrais amis de la patrie stimula le peuple et donna le jour à la fameuse pétition, dite des 30,000, que je fus encore choisi pour porter à l'Assemblée constituante.

Elle avait aussi pour objet de demander justice et vengeance contre les arrestations et les emprisonnements illégaux des soldats du régiment ci-devant du Roi, qui avaient mérité l'animadversion de La Fayette pour leur conduite, sous le commandement de son cousin Bouillé, aux journées sanglantes de Nancy. On doit donc s'attendre de voir ici La Fayette en grande opposition avec cette pétition. On doit s'attendre de nous voir vivement combattre ensemble.

En effet, pour empêcher la pétition et moi de parvenir à l'Assemblée constituante, notre général hérisse de canons tous les environs, de cette Assemblée, garde tous les débouchés, ferme toutes les portes de l'Assemblée, des Feuillants et des Tuileries: tout était permis à ce plénipotentiaire.

Je pénètre malgré tous ces obstacles. L'Assemblée est si étourdie d'apprendre que les pétitionnaires des 30,000 sont là, malgré l'appareil formidable du général, qu'elle lève sa séance et qu'elle arrête que tous les Comités resteront assemblés. Je somme Beauharnais, lors président, d'inviter l'Assemblée à entendre ma députation. On l'entend en effet; on sait quel fut le succès de cette éclatante démarche.

Mais je ne quittai pas prise pour la défense des opprimés de ce genre, c'est-à-dire des soldats chassés de leurs régiments pour cause de patriotisme. Ces braves enfants de la patrie venaient tous se jeter dans les bras du club des Cordeliers, et c'était presque toujours moi qu'on honorait du soin d'être leur introducteur, soit auprès de l'Assemblée nationale, soit auprès des ministres. Je ne peux que me rappeler un souvenir bien délicieux en me remettant que j'ai été successivement le patron des malheureux carabiniers, des gardes françaises, des chasseurs de Picardie, et de tant d'autres. Moi et mes frères du club ne les abandonnions pas que nous n'ayons obtenu pour eux justice éclatante. Sans cela, nous n'aurions pas la satisfaction de savoir à présent qu'ils combattent généreusement pour nous aux frontières.

# CHAPITRE XI

A cette époque, je présentai un ouvrage aux représentants de la Commune de Paris, un ouvrage qui tendait au salut et au bonheur de la capitale, d'une formation d'un corps de six mille hommes à pied et à cheval, gratis à la République, qui devenaient pour lors les défenseurs de la liberté. Dans ce plan était joint un établissement des arts et métiers, pour occuper le peuple désoeuvré et sans fortune, ce qui devenait (*sic*) au secours des malheureux et au développement de l'industrie et du commerce. Cet établissement consistait à des écoles militaires, à des industries de guerre contre les tyrans. Le tout réunissait le soulagement des peuples pour lesquels on n'a encore rien fait. Je ne demandais à l'Hôtel de Ville que de leur développer mes moyens et ils étaient fondés en principes et en pratiques que j'avais déjà professés en Amérique.

Je serais encore à même, à quiconque en douterait, de leur (*sic*) prouver mathématiquement et pratiquement ce que je pouvais faire dans ce temps-là. Mais La Fayette, Bailly et les Martin, Lasalle, Désaudray et autre chevalerie de ce temps mirent aussitôt toutes les entraves possibles pour empêcher cette opération. Dès cet instant, la scélératesse employa tous les moyens de m'éloigner de mes plans et de mes projets, parce qu'ils ne remplissaient pas les vues du gouvernement tyrannique et aussitôt ils imaginèrent pour détenir les patriotes dans leur surveillance.... On chargea le sieur Désaudray à former un club appelé sous la dénomination de loyalistes, où les hommes du 14 juillet qui avaient marqué à cette époque.... Le club est établi, plusieurs mois s'écoulent, le président Désaudray s'occupait à ramasser tous les titres (ordre pour aller ça et là) de ceux qui avaient figuré. Un beau jour, Désaudray m'engagea à dîner chez lui avec un autre citoyen et cela pour nous proposer, à moi la croix de Saint-Louis de la part de La Fayette et de Duportail et à mon collègue (parce qu'il n'avait de service militaire) la médaille des gardes françaises. Toutes ces choses sont bien importantes à noter pour faire connaître quelle ruse on employait pour entraîner, pour parvenir, etc. Le jour remarquable que l'on me faisait ces propositions, La Fayette faisait assassiner les patriotes au Palais-Royal par un nommé Lacombe qu'il a décoré, deux jours après, de la même croix, n'ayant jamais servi à ceux qui osaient parler dans le café du Caveau et autres spadassins qui voulaient en imposer.

Je dois dire ici que, dès ce moment-là, cinq ou six patriotes que nous étions, nous nous assemblâmes pour détruire ce club qui n'était rien moins que pour former un noyau, pour servir la passion de la tyrannie et de la contre-révolution. Aussitôt chacun fit des sacrifices pour payer les frais de la salle et autres et retirèrent (*sic*) leurs papiers. Et, dès ce moment-là, l'on voyait déjà paraître des récompenses et pensions de l'Hôtel de Ville, de l'Hôtel de la guerre, au chevalier président Désaudray.

Le mémoire que j'ai présenté, Bailly et La Fayette ont prétendu qu'il avait été enlevé lors du pillage à l'Hôtel de Ville, lors du pillage dans la matinée du 5 octobre avant le voyage de Versailles. J'ai objecté que le plan n'avait pas été enlevé de ma tête, qu'il y était toujours, mais ils l'ont toujours repoussé. Ce qui m'inspira dès lors une défiance bien juste contre les deux idoles, et me mit en surveillance active et continuelle contre eux.

Le fond de l'établissement était fait par six mille citoyens aisés qui donnaient chacun deux louis, ce qui fait douze mille louis, soit 288,000 livres.

Ces six mille hommes font le corps. Dans ce nombre, les aisés font le service par honneur (l'état-major payé). Les pères et mères peu aisés y auraient fait entrer leurs enfants et auraient trouvé à faire le sacrifice de deux louis pour leur y faire apprendre un métier.

Auraient fait le service de nuit et de jour. Auraient fabriqué toutes sortes d'ouvrages utiles: fabrique générale, arsenal, pour toutes sortes d'ouvrages utiles au campement de nos armées et autres.

On aurait pris la vie et l'entretien dans les bénéfices des travaux.

Le surplus des bénéfices pour élever les enfants et donner des états, dont les pères de famille n'ont pas le moyen.

On eût exercé les hommes.

Toutes les fois qu'on aurait eu besoin d'hommes, on aurait fait une levée des hommes exercés qui eussent été remplacés dans l'arsenal par un semblable nombre pris dans les aspirants, de manière que le nombre eût toujours été complet.

## CHAPITRE XII

## 17 JUILLET 1791

Le fameux arrêté que le club des Cordeliers, toujours actif et rigidement surveillant, prit ce jour-là pour inviter le peuple à aller signer l'immortelle pétition du Champ de Mars.... Je fis faire aussitôt une bannière et j'y fis graver ce sublime arrêté que je retrace ici....

Le même jour, plusieurs de mes frères clubistes et moi nous nous rendons au Champ de Mars. Nous y trouvons déjà une forte partie du peuple. Nous lui fîmes part de la résolution qui était à prendre. Après avoir invité tous les citoyens à se ranger en bataille et sur deux rangs, je les prévins de se rendre le lendemain, à cinq heures du matin, sur la place de la Bastille; que là on leur ferait part de la marche à tenir dans la circonstance. Ces faits étant convenus, nous nous séparâmes tous, après être venus baptiser le *Pont-de-la-Nation*, vis-à-vis la place appelée alors de Louis XV.

A l'heure fixée le lendemain matin, je me rends à la place de la Bastille. Quel est mon étonnement d'y trouver les portes fermées! Je demande à l'officier de poste pourquoi ce jour-là seul la Bastille se trouve fermée. Il me répond que c'est de l'ordre du général et du maire Bailly. Je lui répliquai que j'allais chez Santerre, que dans dix minutes j'espérais être de retour, que, si je ne trouvais pas alors les portes ouvertes, je comptais bien les faire tomber comme nous avions fait le 14 juillet.

J'arrive chez Santerre et ma surprise est encore grande de voir que mes propositions ne lui conviennent pas. Je commençai dès lors à apercevoir que, quand il s'agissait de déployer de ce qu'on appelle une véritable énergie, le héros du faubourg Saint-Antoine n'en était plus. Il me dit que, si on voulait lui donner cent mille hommes, il irait aux frontières combattre les ennemis du dehors. Ce n'était de cela qu'il était question, c'était les ennemis du dedans qu'il s'agissait de combattre. Je ne dois pas taire ici à la nation quels étaient alors mes projets transmis et proposés à Santerre. Ils étaient ceux du club entier des Cordeliers, de ce club toujours mûr longtemps avant les autres sections des citoyens. Ils ne consistaient, ces mêmes projets, à rien moins qu'à fonder dès lors l'empire sacré et respectable du républicanisme, qu'à saisir l'instant favorable qui se présentait d'abattre l'idole de la royauté et d'entraîner dans la même proscription tous ses vils sectateurs. Je proposais de sonner le tocsin général, d'arrêter Bailly et La Fayette, et de les renfermer, de leur faire leur procès, et de leur faire payer de leurs têtes la garantie qu'ils nous avaient jurée du parjure *veto*. Je proposais en second lieu d'abattre toutes les statues de bronze qui existaient à Paris, d'aller visiter tous les endroits où l'on soupçonnait dans ce temps-là qu'il existait beaucoup d'armes et de munitions, de s'en emparer, de mettre la nation en pleine force, de la faire lever tout entière, enfin de lui faire déployer toute l'attitude de la souveraineté républicaine.

Voyant que je ne pouvais rien faire de tout cela avec Santerre, qui passait alors pour le coryphée des braves, je le quittai indigné et je cherchai à voir si je ne pourrais parvenir à rien sans lui.

Je retourne à la Bastille. J'en trouve les portes ouvertes, et j'y remarque un bien petit rassemblement du peuple. Je me jette au milieu, et je dis: «Mes amis, la nation n'est pas encore mûre, nous avons encore des hommes en place qui n'ont point l'énergie de la liberté et celle qui convient aux chefs armés d'un peuple qui la veut. Au surplus, allons au Champ de Mars pour signer la pétition. Peut-être un moment prospère se présentera-t-il.»

Le grand rassemblement se fit en effet à l'autel de la Patrie pour signer cette pétition qui fut le précurseur imposant des dogmes républicains que la France, vraiment libre aujourd'hui, a le bonheur de professer. Mais les deux conjurés Bailly et La Fayette étouffèrent pour une année le germe de cette sainte doctrine, et ce fut avec des flots de sang qu'ils empêchèrent qu'il se développât. L'infernal département de Paris d'alors était de tiers dans cette machination nationicide.

Cette infâme coalition commença par faire couper la tête à deux malheureux pour avoir le prétexte de déployer la loi martiale, pour pouvoir ensuite faire assassiner, comme ils l'ont fait, une multitude de citoyens de tous âges et de tous sexes, d'époux avec leurs épouses, de mères avec leurs enfants. On a eu trop de preuves, que leur but était d'envelopper dans le massacre général le club des Cordeliers, toujours en observation pour éclairer leurs odieux forfaits. Ils n'ont pas réussi. Ce club, tant redouté par ces grands criminels, n'en est devenu que plus terrible pour poursuivre leurs continuelles manoeuvres d'iniquité.

Je dois rendre ici un compte très exact de cette sanglante et malheureuse journée du Champ de Mars, sur laquelle tout erre dans les détails.

D'un côté, le peuple était rassemblé en paix autour de l'autel de la Patrie où il s'occupait de signer la pétition.

D'un autre côté, toute la force armée était mise en mouvement par La Fayette. Bientôt le Champ de Mars est investi. Un corps de cavalerie remplit le Gros-Caillou, une troupe de brigands, en tête de laquelle se distingue le fameux Hullin, occupe la partie de l'École militaire. La place des Invalides est garnie de ces chasseurs si connus par les assassinats de la Chapelle. La Fayette et ses mouchards s'occupaient à faire distribuer de l'eau-de-vie et du vin à tout ce monde déjà égaré. De toutes parts, on ne voyait plus que des hommes soûls et ivres. De toutes parts, on ne voyait que des pièces de canon. Hélas! pour quoi faire? Pour exécuter de sang-froid le massacre le plus barbare contre des hommes sans défense, contre leurs femmes paisibles et leurs malheureux enfants. Citoyens, poursuivez les détails qui me restent à vous révéler sur cette horrible affaire, et frémissez.

A deux cents pas de l'autel de la Patrie, La Fayette, entouré d'une escorte nombreuse d'épauletiers, ses satellites, se présente. J'osai lui faire face. Il s'arrête. Je lui demande ce qu'il vient faire et quel est son dessein. Je l'invite à se retirer et lui garantis que tout le monde est paisible et tranquille. Il reste muet et me regarde d'un oeil dédaigneux; et il me semble lire sur son visage qu'il avait un dessein à exécuter, mais qu'il ne me considérait pas comme capable de le faire manquer. Je retourne aussitôt sur l'autel de la Patrie et je demande un grand silence pour pouvoir promptement délibérer sur les moyens de parer aux dangers qui nous menaçaient. Au même moment parurent, quatre municipaux revêtus d'écharpes: «Messieurs, vous me connaissez tous, leur dis-je, je vous déclare ici que, d'après ce que je viens de voir et d'observer, l'on n'a que l'intention d'engager une guerre civile et de nous assassiner.» Les municipaux demandèrent à voir la pétition et dirent hautement, après l'avoir lue, qu'ils la signeraient eux-mêmes, s'ils n'étaient pas revêtus de pouvoirs; qu'ils allaient de ce pas à l'Hôtel de Ville rendre compte du bon ordre qui régnait autour de l'autel de la Patrie et de la justice des réclamations.

A travers ces démonstrations municipales, je crus démêler certaines intentions peu sincères. Alors, je confiai au peuple mes craintes et je demandai si l'on ne croirait pas utile de nommer une députation sur-le-champ pour accompagner les municipaux à la Maison de Ville. On adopte cette proposition. Je suis nommé l'un des onze commissaires de la députation. Étant partis tous en voiture avec les municipaux, nous ne tardons pas à acquérir la preuve de ce que j'avais pressenti, c'est-à-dire qu'il y avait quelque anguille sous roche, dont les hommes du peuple ne devaient pas être du mystère.

Arrivés à la porte d'un sieur La Rive, faubourg du Gros-Caillou, nous apprenons que c'est là que La Fayette se trouve retranché. C'est sans doute, pensai-je bien alors, pour concerter les modifications de quelque terrible complot. Je fus plus confirmé dans mon opinion, quand je vis nos municipaux vouloir faire arrêter les voitures, et dire qu'il fallait nécessairement qu'ils parlassent à M. de La Fayette. Nous voulons entrer avec eux; nous rencontrons de l'opposition. Nous payons notre témérité par le rôle de sentinelles forcées qu'il nous fallut remplir pendant une demi-heure, temps que dura à peu près l'audience qu'obtinrent exclusivement les municipes (*sic*). Enfin, nous repartons; mais, sous le prétexte de nous donner une escorte de sûreté, on nous fait, comme des coupables, accompagner d'une force de cavalerie imposante. Alors j'aperçus la perfidie en pleine évidence. C'est ainsi que nous arrivons à la Maison de Ville.

Mais de quels nouveaux caractères sinistres se charge cette scène qui aussi devait être sur sa fin si tragique!

La Grève se voit pleine de troupes, presque toutes soûles. A notre approche, on fit battre aux champs. On nous fait entourer de plus de quatre mille hommes! – On fait charger les armes!!... – Nous descendons de voiture, et ... nous montons à la Ville. J'avoue que tout cet appareil ne me faisait pas un très grand plaisir; cependant je dis à mes collègues qu'il fallait conserver du courage, même en reprendre beaucoup de nouveau, et bien soutenir le caractère de députation dont le peuple nous avait revêtus.

Nous n'allâmes avec les quatre municipaux que jusque dans la salle de la Commune, où l'on nous fit rester escortés de quatre sentinelles à chaque porte. Les municipaux pénétrèrent dans la chambre du Conseil. Je m'assis pénitentiellement derrière la porte de communication de cette dernière pièce. Tout à coup paraît Bailly, qui s'écrie: «*Nous sommes trahis et compromis; il faut déployer la loi martiale.*» La foudre ne saisit pas plus vivement celui qu'elle frappe, que je ne fus pénétré d'horreur en entendant ces meurtrières paroles: «Voilà donc le signal du massacre, m'écriai-je; voilà l'arrêt de mort prononcé contre le peuple!!» Hors de moi, je me lève, j'arrête ce sanguinaire Bailly et lui dis: «Monsieur, nous sommes ici une députation envoyée par le peuple du Champ de Mars, et nous sommes sous la sauvegarde de quatre municipaux avec lesquels nous en sommes partis pour nous rendre ici; nous vous demandons la parole.» Dans l'instant, des officiers municipaux qui étaient là semblèrent vouloir faire une diversion à cet interlocutoire en insultant un de nos collègues, le citoyen Larivière, alors chevalier de Saint-Louis, sur ce qu'il avait sa croix attachée avec un ruban tricolore. Mais il leur répondit: «J'ai cru que cette croix, que j'ai bien gagnée, ne perdrait rien à être supportée par le ruban de la nation; au surplus, si vous voulez la porter au pouvoir exécutif, il vous dira si je l'ai bien méritée.» Aussitôt Bailly s'écria: «Je connais M. Larivière.» L'impression que toutes les circonstances firent éprouver au citoyen Larivière fut telle qu'il tomba deux jours après en paralysie et qu'il resta depuis ce temps dans l'état le plus déplorable.

Dans cette entrefaite (*sic*), parut un commandant de la section de Bonne-Nouvelle qui vint prendre à bras le corps le maire Bailly, en criant: «Nous sommes perdus, on vient de tuer M. de La Fayette au Champ de Mars.» C'était un autre coup monté dont les conjurés étaient sans doute convenus d'avance. Bailly l'assassin ne fait que répondre de toutes ses forces: «*La loi martiale, la loi martiale!*» C'était à ces seuls mots que se bornait son rôle.

Et aussitôt le sanglant drapeau est déployé à la fenêtre et la loi de mort proclamée sur la place. J'éprouve l'anéantissement et de suite l'émotion de la fureur. C'est au milieu de ce dernier sentiment que je crie à mes collègues: «Fuyons ces lieux de proscription; le signal du carnage est donné; de féroces magistrats immolent le peuple: ils ne sont pas disposés à écouter ses envoyés; fuyons et allons rejoindre nos concitoyens et, s'il en est temps encore, soustrayons-en le plus grand nombre possible aux coups de leurs bourreaux.»

Nous observâmes que le plan des meurtriers était si bien prémédité que, dans tout Paris, à la même minute, ce n'était qu'un seul cri: «*La Fayette est tué!*» Les scélérats, qui connaissaient le coeur humain, avaient calculé qu'en frappant le peuple d'une telle assertion relativement à l'idole du jour de ce temps-là, il serait ébloui, il ne verrait plus rien et qu'il oublierait de regimber contre les mesures assassines disposées contre lui-même.

Quant à moi, je ne perdis nullement la tête. J'épuisai toutes les ressources qui me parurent nous rester. Je me rendis avec quelques-uns de mes collègues au club des Cordeliers qui était permanent, et j'y rendis un bref compte de tout ce qui se passait. Santerre était dans ce moment-là au club. Voici une circonstance qui fait remonter d'un peu loin des données sur le fond du civisme de cet homme qui fut aussi une idole. Lorsque j'eus dit que la loi martiale marchait, j'eus lieu d'être étonné de la vivacité avec laquelle Santerre prit la parole pour laisser échapper ces mots par lesquels il eût fait croire qu'il était dans le secret: «Messieurs, dit-il, soyez tranquilles, il n'y aura pas une amorce de brûlée dans tout ceci.» Il est vrai que par réflexion il ajouta: «Au surplus mon bataillon y est, et, si on avait le malheur de tirer, je m'y opposerais. Mais je puis me tranquilliser et m'en rapporter à l'officier qui le commande.»

Alors je demandai la parole pour dire autant renommé Santerre qu'il serait bien plus convenable qu'il se portât lui-même en tête de son bataillon. Mon brave aussitôt semble piqué d'honneur, me regarde en enfonçant son chapeau dans sa tête, et dit: «*J'y vais.*»

Où croiriez-vous, citoyens, qu'il a été? Se cacher chez sa belle-soeur dans la rue des Fossés-Monsieur-le-Prince, même maison où je demeurais. Sans doute qu'il ne s'attendait pas de se trouver là si près de mes pénates; il n'en est sorti qu'à onze heures du soir. Les voilà donc, ces héros dont les noms remplissent la terre!

Quittant les Cordeliers, je me rends au Champ-de-Mars où j'ai pu encore devancer la loi martiale. Je suis monté promptement sur l'autel de la Patrie où j'ai dit au peuple assemblé que nous avions voulu remplir ses intentions à l'Hôtel-de-Ville, mais que nous n'avions pu nous y faire entendre; que la loi martiale était à deux pas, et qu'on paraissait vouloir impitoyablement nous massacrer tous. «Je fais la motion, ajoutai-je, que tout le monde se retire paisiblement, pour que nos vils assassins n'aient pas la satisfaction d'accomplir leur abominable projet, et encore pour leur épargner dans l'histoire la honte inouïe d'avoir immolé tout un peuple sans défense.»

Un citoyen répliqua qu'il fallait attendre l'infâme drapeau rouge, et qu'à la première proclamation, suivant la loi, on se retirerait. Immédiatement le drapeau rouge paraît au premier fossé du Champ-de-Mars. Des brigands stipendiés et apostés là par les grands brigands avaient le mot de jeter quelques pierres à ces derniers dès qu'ils paraîtraient avec la loi martiale, afin que cette feinte provocation servît de prétexte à nos scélérats. Cette mesure était liée aux deux assassinats du matin et au bruit généralement répandu d'un prétendu projet de massacre. Du milieu de la bande apostée des jeteurs de pierres part un coup de fusil, et c'est là, au lieu des diverses proclamations prescrites par la loi, c'est là le signal du meurtre et de l'égorgerie universelle. Les féroces satellites du général, tout pleins des fumées du vin qu'il leur a distribué et des maximes de sang qu'il leur a fait inculquer, brûlent d'en venir à l'exécution. L'ordre fatal est donné, ils vont être satisfaits. De toutes parts ils courent sur le peuple, de toutes parts aussitôt le peuple est assassiné. Tout le monde veut se sauver et, dans leur fuite pénible, hommes, femmes, vieillards, enfants, reçoivent en très grand nombre le coup terrible qui leur porte la mort.

Toute cette peinture horrible est exactement tracée d'après le témoignage de mes yeux. Oui, j'ai été le triste spectateur de tous les instants de cette scène affreuse. Je suis resté le dernier sur l'autel de la Patrie, et je ne l'ai abandonné que lorsqu'on y est venu assassiner deux citoyens qui étaient à mes côtés. J'ai dirigé ma retraite vers Vaugirard pour aller au secours de plusieurs citoyens que je voyais poursuivre et fusiller de ce côté. L'un d'eux, qui n'était même pas entré au Champ-de-Mars, eut la tête percée d'une balle qui le renversa à quelques pas de moi. Je le fis transporter aux Invalides par la grille de derrière pour lui faire administrer des secours par le chirurgien de l'Hôtel; mais à peine y fut-il arrivé qu'il y expira.

Ne pouvant plus servir personne ni remédier à rien, et voyant mes jours en danger, je me retirai chez le citoyen Leroi, faubourg Saint-Germain, pour m'y rafraîchir et m'y laver les mains et la figure que j'avais toutes couvertes de sang et de poussière.

J'omettais une particularité qui n'est cependant point à garder sous silence. Le citoyen que j'abandonnai, après qu'il eût expiré, fut enlevé par des troupes qui recueillaient les cadavres avec leurs bijoux. Celui-là avait deux montres d'or. Mais, tant de celles-là que de bien d'autres, Bailly a eu grand soin de ne rendre aucun compte. Vices humains! A quel point vous dégradez ceux que votre attrait honteux subjugue!

## CHAPITRE XIII

## 20 JUIN 1792

*Fameuses pétitions des Sans-Culottes.*

On se rappelle l'objet de ces pétitions, dont l'une était adressée à l'Assemblée nationale, et l'autre à feu Capet. Elles contenaient réclamations contre les terribles abus du *veto* et contre le renvoi des ministres patriotes. J'ai contribué à cette mémorable démarche, et pour cela j'ai été dénoncé dans le fameux libelle de l'homme-roi, qui prétendait qu'on avait violé son asile. N'avait-il pas donné la croix de Saint-Louis à un certain abbé Douglas pour être mon dénonciateur et provoquer contre moi un mandat d'arrêt qu'on n'a jamais osé mettre à exécution? J'ai la preuve de tous ces faits, dont on pourrait d'ailleurs demander compte au club des Électeurs, séant à l'Évêché ainsi qu'au public, à qui j'avais annoncé cette fameuse journée du 20 juin, huit jours auparavant.

# CHAPITRE XIV

## 1792

*Arrivée des Marseillais à Paris – Premier projet de révolution contre le pouvoir exécutif: manqué.*

Je fus délégué pour aller au-devant d'eux jusqu'à Charenton avec plusieurs citoyens aujourd'hui membres de la Convention nationale. Tous les Français tant soit peu clairvoyants n'ont pas été jusqu'ici sans s'apercevoir que cette démarche des Marseillais fut une disposition concertée entre ces chauds patriotes et les républicains de Paris pour parvenir à exécuter une seconde révolution dont on avait reconnu la nécessité. On peut aujourd'hui avouer tout haut ce fait dont on a eu l'air longtemps de vouloir faire un secret. Les Marseillais ne durent donc pas être surpris de notre rencontre à Charenton. Eux et nous étions des révolutionnaires déjà d'accord et qui nous connaissions, quoique sans nous être vus.

Le dîner que nous fîmes ensemble à Charenton ne fut donc pas cérémonieux; il fut d'intimité et tel qu'il devait être entre gens qui avaient de grands plans à suivre de concert.

Ici je joue un grand rôle. C'est moi le négociateur choisi pour transmettre les projets les plus importants aux principaux du bataillon qu'on voulait en instruire. Nous nous retirons après le dîner dans une chambre, et là je confie à ces braves que la grande manoeuvre, par laquelle la liberté pourrait être sauvée, était dans le meilleur train; qu'un grand coup préparatoire avait été jeté le 20 juin, et qu'il n'était plus question que d'achever; qu'il s'agissait pour eux, en arrivant à Paris, de l'exécution d'un plan où ils seraient les premiers auteurs, mais pour lequel ils auraient ensuite la masse entière des Parisiens pour coopérateurs et pour soutiens; que ce plan consistait à aller s'emparer de l'individu nommé roi, ainsi que de sa famille, et de chasser du château tous les scélérats et brigands qui conspiraient la perte totale des Français et leur esclavage: qu'aussitôt eux, Marseillais, camperaient aux Tuileries et y feraient le service de concert avec la garde nationale parisienne. Ce plan fut très goûté.

Les Marseillais me dirent qu'il ne marcheraient qu'avec un patriote tel que moi, qui justifiait si bien, ajoutèrent-ils, le récit qu'ils en avaient déjà entendu faire.

Nous arrêtâmes définitivement l'exécution du plan proposé. Il ne s'agissait plus que de convenir aussi des moyens. La défiance est tout à fait de saison dans des circonstances telles que celles où nous nous trouvions. C'est pourquoi je m'en entourai. Je dis aux Marseillais: «Nous sommes ici sept que vous ne connaissez pas. Dans la crainte qu'il ne se trouve dans le nombre quelques faux frères, je fais la motion que nous partions tout de suite pour Paris, afin de préparer les esprits pour exécuter notre projet, pas plus tard que demain. Je demande de plus que deux d'entre vous nous gardent partout, mangent et couchent même avec nous, et demain, quand toutes choses seront bien disposées, nous viendrons vous chercher ici (à Charenton) pour suivre aussitôt l'exécution du plan. S'il vous fallait encore de nouvelles trahisons pour vous rendre sages, disons franchement le mot, vous ne seriez pas dignes de la liberté.»

Toutes ces choses encore convenues, nous arrivons le soir à Paris. Accompagné de deux Marseillais, je me rends de suite chez Santerre, alors commandant du bataillon des Quinze-Vingts, pour lui faire part du plan. Il l'approuve. Je lui ajoute que j'allais de ce pas chez le citoyen Alexandre, commandant du bataillon de la section des Gobelins, pour le lui communiquer également. Santerre m'applaudit encore et nous déclare que nous pouvons compter sur lui. Nous partons sur cette parole et nous joignons à la section dès Gobelins les citoyens Alexandre et Lazowski, auxquels nous confions nos vues. Ils y applaudissent aussi et nous promettent de se rendre le lendemain au-devant des Marseillais.

Le lendemain matin, nous avons rejoint les Marseillais du côté de Saint-Mandé. Nous avons vu Santerre au faubourg Saint-Antoine, qui nous comfirma sa parole de la veille qu'il viendrait nous joindre. Cependant nous eussions compté sur cette parole en vain, car il n'avait pas même averti son bataillon.

Telle était dans toutes les occasions la franchise et l'énergie de cet homme, qui a acquis une réputation de sans-culottisme on ne sait comment.

Au lieu de venir nous joindre, c'est nous qui l'avons joint à peu près devant sa porte où il se mit à la tête de quelques braves du faubourg qui l'ont presque fait marcher de force, et il faut bien noter que, depuis le faubourg jusqu'à la Grève où nous devions, suivant notre plan, faire sonner le tocsin, il nous fit employer trois heures. Je ne puis mieux comparer cette marche qu'à celle que nous fit faire La Fayette pour Versailles la nuit du 5 au 6 octobre. Santerre nous conduisit chez Petion à la mairie où il nous promettait monts et merveilles. Il entre chez Petion et nous fait faire halte. Sa conférence avec le maire dura une heure et demie, et pendant tout ce temps nous sommes restés à croquer le marmot. A la fin, il est venu nous dire: «*Marchons aux Tuileries.*» C'était ce que nous attendions. Nous passons sur le Pont-Neuf et arrivés sur le quai de l'École, nous voulions, comme on le conçoit bien, aller au Château. Santerre dit: «*Non, non, nous prendrons par la rue Saint-Honoré.*» Arrivé dans cette rue, je me mis à faire défiler du côté du château. Santerre court, gagne la tête, fait faire halte et dit aux Marseillais et aux troupes que l'intention de M. Petion était que les Marseillais allassent se caserner, qu'il devait, lui, les conduire à leur caserne, et que de là il était chargé de les emmener dîner aux Champs-Elysées.... Ces dispositions furent suivies.

Les masques sont-ils ici dévoilés suffisamment?

Français, la conduite de vos Petion et de vos Santerre dans cette circonstance, où une tout autre marche eût pu décider dès cette journée la révolution salutaire qu'il vous fallait encore pour vous délivrer de la tyrannie, cette conduite vous les fait-elle bien apprécier? Que ces écoles devraient bien vous avoir guéris pour toujours des enthousiasmes prématurés!

Eh! sans doute....

La troupe marseillaise, ayant déposé ses armes, se désespérait dc voir le plan manqué. Une grande partie du bataillon est restée à la caserne, l'autre s'est rendue à ce dîner des Champs-Elysées que, pour produire une distraction nécessaire aux vues des traîtres, la politique du cabinet Petion et Santerre avait jugé convenable d'arrêter dans le conseil particulier du matin.

Tout le monde se rappelle ce dîner, qui fut troublé par cette honteuse rixe provoquée par des grenadiers nationaux parisiens et autres agents de la cabale de la Cour. Là s'est manifestée l'intention bien précise de massacrer tous les patriotes. J'en ai été quitte en cette occasion pour échapper au danger d'un coup de pistolet dirigé positivement sur moi, et dont j'ai eu le bonheur d'être manqué.

On ouvrit le Pont-Tournant pour recevoir dans leur fuite les assassins des Marseillais. Ils entrèrent au château où Antoinette pansa elle-même les blessés.

## CHAPITRE XV

## ... JUILLET 1792

*Second projet de révolution contre le pouvoir exécutif: encore manqué.*

La duplicité du magistrat Petion et de Santerre ne pouvait produire que l'effet de retarder de quelques jours l'époque des grands événements qui se disposaient. Le peuple français avait juré d'abattre ses tyrans. Il était tout disposé pour le faire, et l'opposition de quelques traîtres n'était pas capable de changer ce que la masse souveraine avait si sérieusement résolu.

Les fédérés de tous les départements, venus à Paris dans les mêmes vues révolutionnaires que les Marseillais et pour être leurs collaborateurs, s'assemblaient tous les jours aux Jacobins et ils formèrent chez Anthoine, député à la Législature, un comité secret. Ils eurent la confiance et ils voulurent me témoigner l'amitié de m'y admettre. Gorsas, Carra et Chabot étaient aussi de ce comité. C'est dans ce comité que l'on concertait les divers moyens de consommer cette révolution dont l'exécution avait déjà manqué une fois. Après qu'on fût convenu dans ce même comité des principaux faits pour une seconde tentative, on convint aussi pour le lendemain d'un dîner sur la place de la Bastille de tous les fédérés réunis, qui, là, arrêteraient en définitive la marche executive de la nouvelle insurrection dont la liberté avait besoin pour assurer ses principaux succès et compléter son triomphe.

Tous ceux qui se croyaient destinés à remplir les principaux rôles de cette fameuse scène devaient en être trop préoccupés pour pouvoir se livrer à autre chose jusqu'au moment de la faire éclater. Voici pourquoi, le même jour, nous nous sommes assemblés au nombre de dix à la *Chasse royale* et au *Cadran bleu* sur le boulevard, pour nous affermir dans nos résolutions. Santerre et Alexandre étaient de notre conciliabule. Mais, encore là, Santerre prouva bien positivement ce qu'il était, c'est-à-dire en bon français un vrai lâche.

Voyant que le fer a été chauffé à point, il ne voulut rien manger en disant qu'il était bien empoisonné. Mais cependant, ou parce qu'il se voyait toujours courageux dans l'avenir, ou plutôt parce qu'il apercevait sur le champ des moyens dilatoires pour ne pas être tenu à ses promesses, cependant dis-je, lorsqu'on reparla de l'arrêté pris pour le repas du lendemain de tous les fédérés à la Bastille, je ne vis jamais notre Santerre si brave. Il dit: «Eh bien, comptez sur moi et agissez en conséquence.» Il partit après avoir prononcé ces paroles, dont il ne va pas être inutile de conserver la mémoire.

De notre côté, nous retournâmes dans le comité secret, où nous convînmes qu'après le repas de la Bastille, qui ne serait qu'un morceau pris sur le pouce, il se formerait quatre divisions d'attaque contre nos ennemis du château. On arrêta que je commanderais la première et que je garantirais les batteries de canons sur les ponts, à la Grève et sur la place d'Henri IV. Je fus aussi chargé de faire faire quatre drapeaux de ralliement pour chaque division. Je les fis faire dans la nuit. Ils étaient de drap rouge, avec cette inscription: *Résistance à l'oppression. Loi martiale contre la rébellion du pouvoir exécutif.*

Je ne manquai pas de me trouver le lendemain au rendez-vous de la Bastille. Quel fut mon étonnement d'y voir cinq ou six bals ouverts par Santerre! Exterminables intrigants, voilà votre ressource banale. Vous êtes tous consommés dans cet art perfide de savoir distraire, quand vous le voulez, le Français; vous savez mettre à profit, au gré de vos coupables desseins, cette frivolité, reste du caractère de la nation dans le temps de son esclavage! Entrant comme un furieux, je fis cesser les instruments et violons: «Malheureux, m'écriai-je, en parlant à tout le peuple, vous voulez danser, tandis que les scélérats rivent vos chaînes, tandis qu'on veut vous replonger dans le dernier esclavage et qu'on accapare tous les grains et denrées!» J'avais plus écouté mon zèle que la prudence, en faisant cette vive sortie; heureusement que j'étais fort connu, car il y avait là des gens qui demandaient déjà à me couper la tête. Non seulement mon énergie, aidée de l'appui de tous ceux à qui mes principes n'étaient pas équivoques, les réduisit au silence, mais je parvins à rétablir l'ordre et à faire cesser ce scandale de danse.

Il s'agissait, après cela, de pousser l'exécution des dispositions de la veille. J'avais bien pu croire, en voyant cette danse intervenue si à contretemps, que notre projet était vendu, mais j'en fus encore plus certain quand j'entrevis une foule d'autres entraves. Il s'était introduit là force raisonneurs qui entrechoquaient toutes les délibérations et qui les rendaient interminables. Bientôt d'autres incidents me confirmèrent bien davantage que nous étions trahis. M'étant trouvé embarrassé de mes quatre drapeaux, j'avais été les déposer chez un respectable sans-culotte, électeur, mon collègue. On ne tarda pas à aller dénoncer ce dépôt à Jurie, commissaire de police de la section des Enfants-Trouvés, qui s'empara de l'un de ces drapeaux et le porta chez Petion. Je dois dire cependant qu'on respecta cette propriété et que le drapeau fut rapporté en place.

Mais quel fut enfin le sort de notre projet? Jusqu'à une heure après minuit, rien n'avait l'air de pouvoir se déterminer. Mais, à la même heure, arrive sur la place de la Bastille, Petion avec Sergent et ...... Il n'est pas de plus grands hors-d'oeuvre que des magistrats qui viennent s'entremettre parmi le peuple lorsqu'il est au cours d'une insurrection reconnue nécessaire pour consolider sa liberté. La démarche du magistrat pour contrecarrer ses mesures peut et doit être alors considérée comme un attentat à cette même liberté. Pénétré de ces maximes, j'avance vers Petion et compagnie, je les accoste doucement, et leur dis franchement: «*Que venez-vous f.... ici?*» L'un d'eux me répondit: «*Votre plan est encore manqué; vous êtes trahis, rentrez chez vous et vous ferez bien.*» Je vis qu'il était de la prudence de céder encore, et que mes dispositions avaient été présentées de telle sorte à une partie de nos concitoyens qu'en nous obstinant à les faire suivre, nous nous exposions peut-être à nous battre les uns contre les autres. En conséquence, je rendis compte de cet avis à mes collègues, et leur dis: «Allons chercher les drapeaux, et retirons nous.»

En toutes choses, les obstacles ne servent qu'à augmenter l'ardeur des desseins que nous avons une fois résolus fortement. Irrité de ce nouvel échec, je restai tant au comité que sur la place de la Bastille jusqu'à deux heures du matin pour aviser avec mes collègues à des mesures ultérieures pour l'exécution de notre projet, manqué une seconde fois. Je fus surpris lorsque, avant de me retirer tout à fait, j'allai chez le citoyen gardien des drapeaux, dans l'intention de les retirer. Il me dit qu'il avait ordre du commissaire de police Jurie de me les refuser et de ne me les livrer que quand il serait présent. Je répliquai qu'*où je trouvais mon bien, je m'en emparais*. C'est en disant ces mots que je démontai mes étendards de dessus leurs espontons et que je les emportai.

Il est inutile ici de peser longtemps sur l'observation qu'en nous retirant, après ce second essai manqué, nous ne nous sommes consolés du non-succès qu'après nous être bien promis de ne point tarder à tenter de nouveau le sort, en espérant qu'il pourrait nous être plus favorable.

Sous le régime des Bailly, des La Fayette, des grands juges de paix inquisiteurs et du tartuffe Du Port, on eût traité tout cela de conjuration atroce contre l'un des premiers pouvoirs constitués, et j'eusse été faire un tour à la guillotine. Sans doute, il faut beaucoup aimer sa patrie pour s'exposer pour elle à des risques aussi grands que tous ceux que j'ai hasardés. Ce qui me reste à présenter aux lecteurs ne leur offrira pas de ma part un dévouement moins entier pour la cause de la liberté.

## CHAPITRE XVI

## JUILLET 1792

*Incident très curieux. – La Cour essaie de me corrompre.*

Pour peu qu'un homme devint un personnage, il fixait bientôt l'attention du roi constitutionnel ou de ses alentours. J'en avais déjà trop fait pour rester ignoré, et la Cour, qui avait un plan de conduite qu'elle suivait fidèlement vis-à-vis de tous ceux qu'elle honorait de son attention, ne s'en départit pas par rapport à moi. Tout le monde a remarqué cette différence que sous le despotisme absolu l'on ensevelissait sous terre les gens qui voulaient se rendre redoutables, au lieu que sous le despotisme constitutionnel on tâchait de les rendre muets avec de l'or. Je parus donc aussi valoir la peine d'être acheté.

Par des motifs trop faciles à deviner, peu de gens ont eu l'indiscrétion d'imprimer comment on s'y prenait en pareil cas; moi, je n'ai aucune raison d'être circonspect.

J'étais aux Tuileries le surlendemain du dîner de la Bastille dont je viens de donner la relation. Je vis venir à moi un ex-noble, officier du Château. Je dis à l'un des citoyens avec qui je me promenais. «Ne vous écartez pas, vous allez entendre ma conversation avec cet esclave!» Aussitôt que ce dernier m'eut abordé, il me dit *que le Roi désirait de me parler*. Il y avait déjà longtemps que l'on cherchait à me séduire; on crut sans doute trouver le moment favorable et que l'enthousiasme de parler au Roi aurait eu prise sur mon individu. Je répondis au valet de Louis: «*Allez dire à votre maître que je demeure rue et numéro tels, et que, s'il a à me parler, il me trouvera.*»

Quatre fois différentes le même émissaire est venu à la charge, et me proposer une entrevue avec Capet soit au jardin du Dauphin, soit chez Brissac, soit chez Laporte. *Ni chez l'un, ni chez l'autre*, répondis-je. Enfin, on me demanda si je voudrais recevoir Brissac chez moi et recevoir par sa bouche ce que le roi aurait à me transmettre. La curiosité m'y fit consentir et je donnai rendez-vous pour neuf heures du soir, afin de ne pas rendre ma conduite suspecte.

Je n'eus rien de plus pressé que de faire part de cet extraordinaire rendez-vous, et à mes amis et aux hôtes de la maison que j'occupais.

A neuf heures précises, Brissac entre chez moi. L'homme qui aime la franchise ne peut s'empêcher de parler son langage même devant les pervers qu'il sait bien n'être pas susceptibles de sensibilité en l'entendant. Je dis donc à Brissac que, s'il venait pour chercher à me séduire, il pouvait s'en retourner et que, s'il était pour chercher de grandes vérités, il pouvait rester. Il me répondit qu'il *ne venait effectivement que pour s'instruire*. Je lui dis alors tout ce que l'énergie de mon caractère put me dicter. Je lui démontrai, en lui faisant l'énumération des crimes de la Cour, que je les connaissais tous, et je lui déclarai en définitive que j'avais fait serment devant le ciel que je ferais tout ce qui dépendrait de moi pour détruire les despotes et la tyrannie. Et parce que l'homme de bien est toujours entraîné naturellement à donner de bons conseils même aux méchants, même à ses ennemis les plus dangereux, je dis encore au messager du Roi: «Reportez à votre maître que, s'il s'était servi d'honnêtes gens, il eût pu exister heureux, mais que, n'ayant jamais su qu'acheter à prix d'or des hommes mercenaires, il court avec eux à une perte inévitable. Vous, monsieur, lui ajoutai-je, votre tête est à prix; elle est au jeu avec la mienne, il faut qu'il y en ait une des deux qui saute, attendu que, des deux partis opposés à chacun desquels est attaché l'un de nous, il faut que l'un écrase l'autre».

Ces gens de cour étaient plastronnés à triple cuirasse contre tous les discours à principes, et l'expérience de l'efficacité du grand expédient, par lequel ils avaient fait presque autant de conversions qu'ils en avaient entreprises, leur donnait une très grande confiance à l'employer. Brissac crut donc apparemment qu'il ne me trouverait pas plus rebelle que tant d'autres, et il me fit ses propositions avec beaucoup d'assurance.

Je ne dois pas dire ici à quelle hauteur la Cour avait cru devoir lui donner le pouvoir de les élever. On croirait que je les porte moi-même fort haut pour me faire valoir beaucoup. Mais des témoins qui ne sont pas morts, et lesquels ont été apostés de mon aveu pour nous entendre, en rendraient bon compte si l'on en était curieux.

Les âmes honnêtes peuvent bien pressentir ce que mon indignation dut me dicter de dire au séducteur Brissac. Je lui prédis, lorsqu'il se retira, qu'il ne devait plus faire un long séjour au Château. Il fut encore plus court que je ne l'avais pu calculer, car deux jours après il fut décrété d'accusation et arrêté.

La Cour corruptrice était irrebutable. Elle ne désespérait point de gagner un jour ce qui lui était échappé dans un autre. Le lendemain du premier message, j'en reçus un second encore par un ex-noble, qui vint me faire de nouvelles propositions d'or, d'argent et de places importantes. J'ai tout repoussé avec dédain, en disant à cet esclave que je servais la cause du peuple et de ma patrie, et qu'il n'y avait point assez d'or en France pour m'acheter. J'eus encore des témoins secrets de tout ce qui se passa entre moi et ce négociateur royal. Cet incident produisit l'effet de m'inspirer plus d'horreur pour le tyran, et d'accroître beaucoup mon impatience de mettre une bonne fois à exécution le projet médité de lui porter le dernier coup pour faire enfin triompher dans toute sa pompe la liberté. Le moment de cet événement ne tarda point à paraître.

## CHAPITRE XVII

## JOURNÉE DU 10 AOUT 1792

Si le peuple s'en était toujours attendu (*sic*) à ses représentants pour faire les révolutions, sans doute il serait encore esclave. Les législateurs français n'ont montré de véritable énergie que toutes les fois que le peuple s'est levé et qu'il les a forcés à en prendre. Hors ces cas, combien n'ont-ils pas semblé agir souvent comme s'ils eussent été d'accord avec les conspirateurs! Ici, il s'en présente un notable exemple.

Dès le 6, époque où nous avons publié les crimes de La Fayette, j'étais très instruit de tout ce qui se passait dans les comités de l'Assemblée nationale. Je savais très pertinemment, que les comités militaire, de constitution et autres avaient résolu d'éluder de rendre autant le décret d'accusation contre La Fayette, que celui de suspension contre le chef du pouvoir executif. On avait seulement arrêté l'ajournement de la discussion sur ces deux individus pour le jeudi. Cette conduite était-elle dictée par la pusillanimité ou la perfidie? Il ne faut pas raprocher beaucoup de circonstances pour démêler quel était ce motif. Quand je vis la patrie trahie ….. et que tous les jours on semblait enchérir sur les moyens de la tromper, mon indignation me transporta chez le restaurateur des Feuillants, où je dis, en présence du public, à plus de trente députés de l'Assemblée législative: «Que je connaissais toutes leurs infamies, tous leurs crimes, que je savais du Château que les deux tiers des membres de l'Assemblée étaient vendus et qu'ils trahissaient la nation, que je ne pouvais pas m'empêcher de leur dire qu'ils étaient des brigands, que je savais que ma grande énergie les embarrassait, et qu'ils étaient d'accord avec les Grands Inquisiteurs juges de paix de me faire arrêter, mais que je les en défiais et qu'auparavant ils me verraient encore déployer ma vigueur contre leurs complots.» J'ajoutai que, pour dernier mot, j'avais à leur dire que, si le 9, entre dix et onze heures et demie du soir, ils n'avaient pas prononcé sur l'arrestation de La Fayette et sur la suspension du roi, à onze heures trois quarts nous ferions sonner le tocsin….

je devais garder le silence parce que j'aurais trahi la patrie le (*sic*) divulguant. Je me taisais soigneusement pour laisser ..... et ne pas faire manquer, etc.

Au lieu de n'être que les simples organes de l'opinion publique, nous avons presque toujours vu nos sénateurs sembler prendre à tâche de la braver, et substituer leurs volontés arbitraires à la volonté générale. Ici, pressés par les vives clameurs de la voix souveraine, ils eurent l'air d'y céder un moment, ils promirent toute satisfaction au peuple sur le compte de Louis Capet et de La Fayette, les deux traîtres les plus dangereux d'alors. Mais toute la soirée du 9 se passa et rien ne fut prononcé contre eux.

Je n'ai pas, moi, manqué ma parole.

Le même jour, il y eut une assemblée des fédérés aux Jacobins. Pendant l'assemblée des fédérés, j'entrai dans la salle au moment de la discussion sur l'objet de présenter une nouvelle pétition à l'Assemblée, sur le refus d'en entendre une première qui venait d'être renvoyée avec ignominie. La veille du grand jour des vengeances avait vu consacrer le dernier oubli des principes. Des mandataires n'avaient point voulu entendre leurs commettants.

Révolté de semblables procédés, je prends la parole, et je dis:

«Citoyens, je m'oppose personnellement à ce que vous donniez cette nouvelle pétition. Vous en avez présenté mille, on n'a fait droit à aucune. Je vous proposerai celle-ci, qui sera la dernière. C'est d'aller sur-le-champ couper six cents têtes des conspirateurs réfugiés dans le repaire royal, nous les porterons à l'Assemblée et nous dirons: Voilà vos chefs-d'oeuvre, législateurs!»

Cette motion, désapprouvée par un faible parti, fut applaudie par la majorité. La preuve qu'elle était bonne, c'est qu'il a fallu l'exécuter le lendemain 10 au Château. L'on a déjà pu voir, et l'on verra à la suite que je ne me contente pas de faire le beau parleur à la tribune, en laissant aux autres à suivre l'exécution de mes motions. Je ne me détermine qu'après avoir mûrement réfléchi, mais aussi, une fois arrêté à une délibération que je crois bonne et tendant au bien de mes frères, je m'y sacrifie. On va donc me voir ici toujours agissant pour animer mes frères et pour exécuter avec eux la secousse décisive du 10.

Ce même jour, le comité secret se rassembla à la *Chasse Royale*, sur le boulevard. Nous y avons fait venir Alexandre et Santerre. Ils nous ont fait de très brillantes promesses pour seconder notre entreprise, notamment notre rodomont Santerre, toujours très animé lorsqu'il ne s'agit que de parler et de faire le bel esprit.

Le soir, à neuf heures, je me suis rendu à la caserne des Marseillais avec lesquels j'avais rendez-vous, ainsi que plusieurs de mes collègues. Nous y avons déposé nos armes et, de là, envoyé des députations aux faubourgs Saint-Marcel et Saint-Antoine pour inviter les citoyens de ces deux faubourgs à se trouver au ralliement dont nous étions convenus. Pendant cet intervalle, j'allai à la section du Théâtre-Français, lors assemblée en permanence; et, comme j'étais citoyen de cette section, qu'on sait avoir toujours été un foyer ardent de patriotisme, je n'eus pas beaucoup de peine à y faire adopter mes vues qui étaient déjà celles de la plupart des citoyens.

Le tocsin a sonné à onze heures trois quarts comme nous l'avions promis. On a placé des postes, mais nous avons été trahis par les états-majors, qui ne remplissaient pas nos intentions. A une heure du matin, nous avons relevé ces postes.

Il est venu à la section trois officiers municipaux pour nous inviter à cesser de sonner le tocsin, observant qu'en conséquence d'un arrêté de la Commune, ils avaient déjà été dans plusieurs sections et qu'on avait cessé d'y sonner; mais notre président, le citoyen Lebois, brûlant d'énergie et de patriotisme, leur répondit:

«Plein de respect pour la Commune de Paris, nous ferons tout pour elle, mais ce que vous nous demandez, citoyens, il est impossible de vous l'accorder. Au lieu de faire cesser le tocsin, j'ordonne, en ma qualité de président, qu'il continue, car il n'est plus question de reculer, et il est temps d'abattre les tyrans.»

Alors, de mon côté, je demande la parole et je dis:

«Citoyens, l'Assemblée a décrété que la patrie était en danger. Le peuple est levé; vous, municipaux, vous devez aller vous coucher; vous n'avez plus rien à faire.»

A la pointe de jour, je fus nommé commissaire avec trois autres citoyens pour inviter le bataillon de la section à se joindre devant la porte des Cordeliers. Mais les citoyens, trompés par des brigands dont je vis l'un parmi eux faire cabale et s'opposant à notre demande, en concluant au par-dessus à ce qu'on me coupât la tête, refusèrent absolument de marcher, malgré l'arrêté de la section qui les y invitait.

Je rendais compte de ma mission, quand je m'aperçus que nous étions mieux secondés d'ailleurs et que nous pouvions dès lors former l'espoir de faire réussir notre projet. En effet, nous vîmes arriver de toutes parts différents bataillons, et notamment du faubourg Saint-Marcel. Le bataillon de Marseille parut aussi en même temps.

Aussitôt on ne délibéra plus et l'on ne songea qu'à exécuter.

Nous formâmes deux divisions, dont l'une alla par le Pont-Neuf, et l'autre par le Pont-Royal. Le point de ralliement se fit sur la place du Carrousel. Ici tous les mouvements de la grande attaque qui suivit sont précieux à saisir. Nous débutâmes par demander à entrer au château dont les portes étaient fermées.

On nous envoya plusieurs officiers, entre autres, un officier de canonniers, pour nous dire «que nous n'avions qu'à nommer huit chefs, et qu'on les ferait entrer».

Nous répondîmes avec énergie «que nous n'avions point de chefs, mais que nous l'étions tous, et que pour la seconde fois nous demandions à entrer».

Nous sommes restés là près de deux heures. A de longues discussions succéda un refus formel de nous ouvrir.

Ceux qui ne connaissaient point Santerre comme moi ne savaient que penser sur son compte qu'il ne se trouvait pas au rendez-vous.

Mais moi qui avais déjà eu tant d'occasions de l'apprécier, je ne fus pas très surpris de voir arriver Alexandre qui me dit que Santerre venait de lui écrire pour lui demander secours avec du canon à la Maison commune, attendu, disait-il, que les jours de M. Petion étaient en danger. «Leurre épouvantable!» m'écriai-je dans mon indignation concentrée. Santerre, Petion, idoles du jour que la foule aveugle est entraînée à encenser, vous êtes donc aussi d'insignes traîtres! Mais prudence m'enjoint de dissimuler. Ne gâtons pas encore une fois une cause si importante et si heureusement commencée et, malgré tous les obstacles, sauvons la patrie, s'il nous est possible.

«Camarade, dis-je à Alexandre, il ne faut point partir, j'ai la confiance de te dire que c'est encore là un dessous de carte de Santerre, et j'ajoute que si tu nous quittes, ce ne sera de ta part qu'un trait de lâcheté.»

Je vis que c'était l'occasion d'employer une grande présence d'esprit et de penser à tout à la fois. Je fus bien vite rendre compte de cette circonstance à tous les officiers qui commandaient, et je leur dis de s'assembler promptement sur l'appel que je ferais faire.

Mais, de retour au centre de la place, je vis le commandant marseillais et plusieurs autres citoyens de Paris qui me dirent: «Nous sommes donc encore joués et trahis. Voilà Alexandre qui vient de partir avec deux canons et deux cents hommes, sous le prétexte d'aller joindre Santerre à l'Hôtel de Ville.»

D'après le moment d'entretien entre Alexandre et moi, je ne m'étais pas attendu à cette manifestation de sa complicité avec Santerre. Je restai interdit et presque muet. Revenu à moi, je ne vois de moyen de salut qu'en distrayant l'attention des braves qui nous restaient pour la diriger vers le seul but d'un grand mouvement d'énergie et de courage.

«Eh bien, citoyens et camarades, m'écriai-je; il faut périr aujourd'hui ou entrer au Château. Je sais que si nous manquons cette journée, la France est livrée à l'esclavage et la capitale réduite en cendres.»

Finissant ces derniers mots, j'eus tout de suite la satisfaction d'apercevoir l'impression qu'ils avaient produite.

L'effet de cette impression ne tarda point non plus à se manifester. Les sans-culottes tombèrent à coups de poing sur la porte dite Royale, et à force de secousses y ont brisée et mise en pièces. Je profitai avec soin de ces premières dispositions et je sentis qu'il ne dépendait plus que de ma conduite d'en soutenir la continuation et d'en faite résulter le succès le plus complet.

Ici toute la scène va être en action, et les mouvements s'exécutent et se succèdent avec une étonnante rapidité.

Aussitôt la porte enfoncée, je m'élance en furieux vers les quatre pièces de canon qui étaient au bas du grand escalier, et je dis aux canonniers: «Vous, braves militaires, êtes-vous pour la nation ou pour les tyrans?»

Ils me répondirent: «Il y a quatre heures que nous vous attendons, et vive la nation!»

A ces mots, je leur dis en saisissant le timon d'une pièce: «Eh bien! camarades, suivez-moi.»

Aussitôt les quatre pièces me suivirent, et nous les postâmes dans le Carrousel où étaient demeurés nos bataillons.

Nous fîmes entrer quatre pièces des nôtres et nous les plaçâmes dans la cour du château, braquées sur les fenêtres. Nos bataillons des Marseillais et des fédérés se placèrent en bataille de droite et de gauche. Je montai aussitôt le grand escalier jusque devant la porte de la chapelle. Là je vis qu'il était impossible d'aller plus loin. Une barricade ou plutôt un retranchement s'y opposait. Alors je parlai à ceux qui se trouvaient là avec force et énergie et en même temps avec toute l'honnêteté possible. J'observai sur toutes les figures qu'il y avait sous jeu de grands desseins: car il ne me fut répondu rien du tout. Cependant un Suisse s'élance à corps perdu de mon côté en jetant ses armes et criant: «Vive la nation!»

J'emmenai ce brave avec moi et le remis entre les mains des fédérés en leur disant: «Voici un bon Suisse qui a rejeté au despotisme les armes qu'il en avait reçues et s'est tourné exclusivement vers la patrie.» Il entra aussitôt dans nos rangs au milieu des embrassements de ses frères.

Comme j'avais reconnu sous les habits suisses, ainsi que sous ceux de gardes nationales, beaucoup de chevaliers du poignard et de grenadiers des filles Saint-Thomas, je remontai une seconde fois pour témoigner aux uns et aux autres que nous ne voulions de mal à personne, mais que nous priions seulement qu'on nous remît le roi et sa famille.

Le commandant me fit réponse qu'ils n'en feraient rien, et que la force armée du château les garderait elle-même.

Alors je me rendis aux quatre pièces de canon; je fis charger; je dis aux canonniers de se tenir prêts et que j'allais faire commandement à la garde du château de nous livrer le roi, et, si elle s'y refusait, qu'au premier signal ils aient à faire feu.

J'avançai ensuite sous le balcon et fis une nouvelle sommation. On ne me répondit rien. J'allais donner le signal aux canonniers, lorsque Lazowski, officier de notre artillerie, vint à moi et me dit:

«Montons encore une fois et pour la dernière; sommons-les de mettre bas les armes et de nous livrer le roi, ou que sinon nous allons agir.»

Je me rends à cette proposition. Nous montons de nouveau l'escalier, Lazowski et moi. C'est à ce moment que le signal part et qu'on nous fusille. Je suis jeté dans le fond de l'escalier par l'explosion d'un grand feu général dirigé de toutes parts sur nos bataillons; je reçois dans le même moment un coup au bras gauche dont je suis et resterai probablement estropié.

Arrivé à la porte pour rejoindre les bataillons, je suis renversé par un autre coup à la cuisse gauche. Je crus bien alors que c'était ma dernière heure, car les cadavres et les blessés tombaient à ma vue de tous les côtés, et j'eus la plus grande peine possible à me retirer.

Le feu des scélérats du Château était si vif que dans le premier moment nos bataillons, partie massacrés, furent dispersés entièrement au point que l'on avait fait l'abandon des quatre pièces de canon.

A l'aspect de ce moment de détresse, je courus du côté du guichet où je rencontrai une pièce de canon des Marseillais conduite par le commandant en second qui était déjà blessé dangereusement à la main. Mais je lui dis, ainsi qu'à tous les guerriers qui l'entouraient: «Du courage, amis, nous allons entrer au Château et passer tout au fil de l'épée.»

Je fis de suite placer une pièce de canon à la grande porte donnant du côté du guichet. Je la fis briser, et cette ouverture me facilita d'envoyer la mort à un grand nombre de Suisses dont le feu nous faisait beaucoup souffrir. Je fis de même mettre à bas la porte qui communiquait chez le valet de chambre du Roi.

Cependant les décharges des assaillants étaient si meurtrières, que je voyais l'heure où nous perdions la bataille. Je m'avisai d'un stratagème. Je me ressouvins du même stratagème employé à la Bastille et qui fit perdre la tête à De Launey, par lequel je me flattai de désorienter nos ennemis, et le succès m'apprit que je n'avais point fait une fausse combinaison. Ce fut de faire mettre le feu partout pour imprimer la terreur et l'épouvante aux assiégés et les déconcerter.

Dans les moments de péril extrême, les petites considérations n'arrêtent pas. Nous manquions de papier pour allumer le feu en divers endroits: des assignats en tinrent lieu. Rien ne coûte quand il s'agit de remplir un grand but.

Dans la confusion des mouvements de cette grande mêlée, je distinguai deux hommes qui volaient de l'argenterie et qui en avaient rempli leur poches. Je les fis arrêter sur l'instant, et ils furent aussitôt exécutés. Ces exemples prompts et sévères de la justice du peuple souverain prévinrent les plus grands désordres et prouvèrent que le but de la grande démarche de cette journée n'était point d'exercer des actes de pillage.

Pendant la grande chaleur de l'action, je ne faisais que courir d'un bout à l'autre pour faire approcher les caissons de chaque pièce. Je rends avec une vraie satisfaction ma situation d'alors. Je n'éprouvais plus que le sentiment de l'intrépidité. Il me semblait être invulnérable. Je marchais au milieu du feu avec une sorte de conviction qu'il ne pouvait avoir de prise sur moi. C'est dans ces dispositions que je m'arrêtai même à quelques actes particuliers qui n'auraient peut-être pas dû me distraire des soins plus généraux et essentiels. J'allai chercher du milieu des morts un chapeau pour donner au commandant en second des Marseillais en remplacement du sien qu'il avait perdu, j'arrachai plusieurs citoyens d'entre les cadavres qui les étouffaient et je les rendis par là à la vie, notamment le citoyen Lionné, marchand charcutier, rue de la Verrerie, etc., etc.

Enfin le combat se termine et la victoire nous reste. Je rentre chez moi pour me panser et me rafraîchir. J'allai encore ensuite pour terminer cette journée assister et concourir à l'exécution des statues de bronze de la place Vendôme. C'est par là que je couronnai toute la participation que j'eus aux fameux actes au 10.

## CHAPITRE XVIII

## AOUT 1792

*Affaire des prisonniers d'État accusés du crime de lèse-nation, détenus à Orléans. Je suis chargé de les transférer à Saumur. Leur massacre à Versailles.*

Quelques jours après le 10, tout Paris se mit en effervescence à l'occasion des prisonniers d'Orléans. Que signifie, disait-on, la détention de tous ces conspirateurs en chef qui n'ont cessé d'insulter à la nation, en transformant leur prison en une maison de plaisirs et de festins continuels? Que signifie cette Haute-Cour nationale qui n'a encore jugé aucun d'eux et qui coûte immensément à l'État? Bientôt l'opinion générale se résume sur cet article et il est décidé à l'unanimité qu'une partie de la garde nationale parisienne se rendra à Orléans et qu'elle ramènera les prisonniers à Paris.

En même temps ce fut sur moi que tout le peuple jeta les yeux pour déférer (*sic*) le commandement de cette expédition.

Ce n'était point assez d'être honoré du choix du peuple: il me fallait encore l'assentiment des autorités constituées. Je me rends à la Commune de Paris où je dis au Conseil général que j'aurais besoin de pouvoirs pour une expédition importante, mais dont la réussite dépend de ce qu'elle restera secrète, pourquoi je ne peux pas la communiquer en public.

Des commissaires sont nommés pour recevoir ma déclaration. Le Conseil général, de concert avec le général Santerre, m'expédie aussitôt un pouvoir à l'effet de me faire délivrer tout ce dont j'aurai besoin pour mon expédition. Santerre, pour ses grands services à la chose publique, avait dès lors tous pouvoirs à la Commune. C'est lui qu'elle chargea de me donner toutes les autorisations nécessaires pour cette expédition d'Orléans.

Je fis part à Santerre qu'il me faudrait des munitions, des canons, et en même temps le pouvoir de faire des bons en cas de besoin. Santerre ordonna le tout et même il me chargea d'aller trouver le

Conseil général pour demander au moins un millier de louis pour cette expédition.

En ayant parlé à quelques membres, ils me renvoyèrent à Santerre en me disant de faire avec lui tout ce que je jugerais à propos, et que tout ce que je ferais serait trouvé bien fait. Sur cette réponse, Santerre m'autorisa à faire des bons partout où le cas l'exigerait, sans limites et sans bornes.

C'est ainsi que je suis parti de Paris avec ma troupe, et que, nonobstant les autorisations que je viens de rappeler, j'ai payé partout de mes propres deniers jusqu'à l'époque de l'incident qui va suivre.

Nous partions de Longjumeau le ..., lorsque du Bail, Bourdon la Crosnière et Tallien, aujourd'hui députés à la Convention, y sont arrivés à quatre heures du matin en qualité de commissaires du pouvoir exécutif. Ils venaient m'annoncer que mon départ avait provoqué un décret de l'Assemblée nationale par lequel il était ordonné que les prisonniers d'Orléans fussent jugés sur-le-champ, qu'ils venaient en conséquence me notifier de rétrograder, parce que la translation n'était plus nécessaire.

Quelle secrète intrigue, quelle protection particulière, quel vif intérêt pour les conspirateurs avaient pu faire décider cette démarche? Voilà de ces circonstances que le public n'a pas sues et qui pouvaient être capables de faire fortement soupçonner les intentions du nouveau pouvoir exécutif.

Comment! on se flattait de pouvoir faire juger sur le champ tous ces traîtres à la patrie par ces mêmes magistrats qui n'avaient point voulu jusqu'alors les juger! Il leur fallait donc une recommandation, une injonction particulière; il leur en avait donc été donné une pour rester inertes; on en était donc instruit! Tout ceci prêtait à mille conjectures de défiance différentes les unes des autres, etc.

Je demandai aux commissaires leurs pouvoirs avant que d'accéder à ce qu'ils proposaient. Ils firent connaître leur mission en présence de la troupe assemblée. Mais alors tous les citoyens, qui ne démêlaient dans cette mesure qu'un moyen, disaient-ils, de sauver bien vite les coupables, se mirent à crier: «Nous sommes partis de Paris pour aller à Orléans; ainsi c'est à Orléans qu'il faut aller, et si Fournier, que nous n'avons nommé notre général que pour nous y conduire, s'y refuse, il n'y a qu'à lui abattre la tête».

J'apaisai cet orage en disant à la troupe que je savais ne point commander des esclaves, que je ne ferais rien sans avoir bien consulté tous mes camarades, et que dès lors je leur demandais s'il ne leur serait pas agréable que je présentasse en leur nom à tous une pétition à l'Assemblée, laquelle je me chargeais de porter moi-même.

Le résultat de la délibération fut de nommer deux commissaires avec moi pour aller à l'Assemblée nationale; que cependant la troupe continuerait sa route pour Orléans et que, si le général ne venait pas la rejoindre, il lui en coûterait la tête.

J'observe que Tallien était l'un des deux commissaires dont je viens de parler et que, voyageant dans la même voiture pour revenir à Paris, nous ne nous dîmes pas un seul mot pendant toute la route, parce que je me défiais beaucoup de son civisme. Je ne sais si lui, à mon égard, c'est par le motif d'une prévention semblable qu'il ne me parla pas non plus. Mais je déclare ici que depuis j'ai bien changé d'opinion sur son compte. Tant que Tallien soutiendra les principes qu'il prêche dans son*Journal des Sans-Culottes*, je le regarderai comme le plus ferme appui du véritable patriotisme.

Mais Bourdon la Crosnière changea un peu les dispositions en faisant aux soldats une proposition qui pouvait être un puissant attrait pour un certain nombre d'entre eux: «Ne partez point d'ici, leur dit-il, que Fournier ne soit de retour. Dépensez, mangez, buvez, divertissez-vous: la nation paiera tout.»

On voit que Bourdon et du Bail étaient inspirés par tout autre motif que celui d'épargner les fonds de la patrie. Ils n'avaient pas non plus celui de m'engager à me louer de leurs procédés: car, après s'être permis d'ordonner une dépense particulière de 617 livres, ils ont eu la méchanceté de faire venir à la Maison commune de Paris le malheureux chez qui avait été faite cette dépense pour réclamer cette somme sous mon nom.

Mais revenons à mon retour à Paris, avec la pétition de mes camarades.

J'arrive à la barre, et j'y présente cette pétition qui fait changer tout à fait les mesures du pouvoir exécutif. Elle détermine l'Assemblée à rendre un décret qui ordonne qu'il me sera donné mille hommes de troupe de garde nationale parisienne pour aller à Orléans garder les prisonniers de la Haute-Cour, de concert avec la garde nationale d'Orléans.

Le pouvoir exécutif m'expédie des ordres en conséquence. Il m'adresse à la Maison commune pour demander tout ce dont j'avais besoin. Il m'y fut compté six mille francs, somme qui n'était rien pour pouvoir suffire aux dépenses considérables qu'il était question de faire journellement en raison de la grande quantité d'artillerie que nous avions et en raison des quinze sols de solde par jour, au-dessus de l'étape, à chaque volontaire.

Qui croirait cependant qu'en revenant au Conseil général, à mon retour d'Orléans, j'y trouvai que les malheureux Bourdon la Crosnière et du Bail m'avaient dénoncé comme un concussionnaire qui avait fait des bons partout où il était passé, et qui n'avait payé personne? Sans doute ils se vengeaient de ce que j'avais controversé leur mission au succès de laquelle ils avaient sans doute raison de s'intéresser vivement.

Qui croirait encore qu'on avait accueilli ces misérables dénonciations et d'autres plus absurdes, telles que de dire que j'avais enlevé trente-six mille francs avec lesquels j'étais parti de Paris comme banqueroutier? Croira-t-on que tout ceci s'était accrédité au point de dicter un mandat d'arrêt contre moi? Mais je parais à la Commune, j'impose silence à mes vils délateurs, je m'explique, et aussitôt le ridicule mandat d'arrêt est biffé.

C'est à la suite de ces odieuses tracasseries, qui semblaient me présager tous les futurs déboires du malheureux voyage d'Orléans, que je pars de Paris et je vais rejoindre ma troupe à Étampes où elle s'était rendue de Longjumeau, d'après les ordres que je lui avais fait parvenir, après le séjour que j'ai noté qu'elle avait fait dans ce dernier endroit par l'influence et à l'instigation de Bourdon la Crosnière et du Bail.

La garde nationale d'Orléans, les troupes de ligne qui y étaient en garnison, le département et la municipalité sont venus au-devant de nos bataillons, à deux lieues de cette ville. Un bivouac était préparé pour nous dans la forêt et l'on y avait fait porter du vin et tous autres rafraîchissements nécessaires. La fraternité et la joie accompagnèrent cette reconnaissance. Des santés en grand nombre furent portées en l'honneur de la nation, et le canon, avec une nombreuse musique, annonçait la pompe de la fête.

Le cortège réuni était si considérable qu'il mit plus de quatre heures à défiler.

Cependant toutes ces démonstrations n'étaient que théâtrales. J'appris trop bien vite qu'en général la population orléanaise n'avait pas en réserve une forte provision de civisme et que, foncièrement, notre apparition n'avait pas fait le plus grand plaisir.

Nous arrivons à Orléans et nous allons aussitôt nous emparer des prisons où je commençai à faire mettre pour le bon ordre une garde suffisante.

Toute notre troupe fut logée chez les citoyens les plus aisés. Politique ou non, elle ne pourra jamais trop se louer des bons procédés qu'elle en reçut.

De notre côté, nous pouvons nous flatter d'avoir fait régner la tranquillité durant tout notre séjour à Orléans.

Mon artillerie était toujours placée de manière à nous tenir sur nos gardes. Cependant je ne jouis pas longtemps d'une entière sécurité. Une nuit vint où j'éprouvai des inquiétudes qui furent les présages des altercations sérieuses qui me traversèrent successivement. En faisant ma tournée à deux heures du matin, j'ai trouvé mes pièces de canon dégarnies et seulement deux sentinelles avec l'officier de poste, qui me dirent qu'il n'était pas possible de garder cette artillerie, attendu le trop grand service dont nous étions surchargés et la trop grande difficulté de rallier tout notre monde épars dans les maisons des citoyens.

Ces observations me déterminèrent de faire parquer mes pièces d'artillerie à la pointe du jour dans la maison où j'étais logé.

Mais le surlendemain je fus troublé par un incident qui semblait annoncer des suites bien plus graves.

Il était arrivé à Orléans un régiment qui venait du Port-au-Prince et qui dirigeait sa marche vers les frontières.

D'un autre côté, le régiment de Berwick, suisse, était en garnison dans la ville ainsi qu'un corps de cavalerie. Il m'apparut que la malveillance avait projeté de mettre aux prises ces différents corps et le nôtre pour parvenir à faire régner un désordre, à la faveur duquel on espérait peut-être de sauver des prisons les conspirateurs confiés à ma garde. M'étant aperçu à temps de ce danger, j'eus soin de me prémunir contre les résultats.

Sur les neuf heures du soir, je suis appelé au département et à la municipalité et presque en même temps j'entends battre la générale. Je vois le moment où il s'agit d'éviter par le courage des événements peut-être bien désastreux. Je cours bien vite aux drapeaux; je rassemble ma troupe et en moins d'un quart d'heure je m'empare de tous les débouchés dans le centre de la ville. Je braque mes canons de toutes faces; je me mets en bataille à bout portant du régiment du Port-au-Prince et j'envoie de fortes patrouilles à tous les postes de la ville.

Ces dispositions faites, j'apprends que le régiment de Berwick a fait distribuer quarante cartouches à chacun de ses soldats. Alors je donne ordre à ma troupe de charger. Je demande aux officiers du régiment de Port-au-Prince quelle était leur intention: «Liberté et égalité, me répondirent-ils, et vous pouvez en cette occasion ordonner, nous sommes à votre commandement.»

«Camarades, leur répliquai-je, vous êtes fatigués, vous partez demain: allez vous reposer. Nous sommes bien en état de nous défendre contre quiconque nous attaquera et nous ferons la garde pendant la nuit.»

Alors tous les régiments rentrèrent dans leurs casernes.

Ainsi se termina cette tentative si menaçante. Si l'on n'a voulu que nous tâter pour savoir si nous étions les hommes du 10, l'énergie et la fermeté que nos bataillons montrèrent ne le laissèrent nullement à douter. Vraisemblablement la rage délirante des agitateurs n'en serait-elle pas restée là et fût-elle parvenue à engager quelque nouvelle tentative contre nous: mais la circonstance de notre prompt départ lui épargna cette peine.

Un décret de l'Assemblée nationale du 2 septembre m'arriva à Orléans le 3 et ordonnait la translation des prisonniers à Saumur.

Voici les mesures d'exécution qui me servirent à assurer mon départ.

Le département rendit un arrêté pour nous faire renforcer par cinq cents hommes de la garde nationale d'Orléans. Je représentai que je ne pouvais partir sans argent puisqu'il fallait chaque jour délivrer quinze sols de prêt à chaque homme. En conséquence, le lendemain, jour du départ, il me fut donné quinze mille livres.

J'assemblai la troupe, je lui fis part du décret de l'Assemblée nationale pour la conduite des prisonniers à Saumur. Je fis charger ces prisonniers au nombre de cinquante-trois sur des voitures et je fermai moi-même à clef toutes leurs malles renfermant considérablement d'effets précieux sur lesquels j'ordonnai que les scellés fussent mis.

Ici se présentent des circonstances extraordinaires et qui sont encore presque énigmatiques pour moi.

J'étais le général de cette troupe, et l'on va voir quelle fut mon autorité sur elle. J'avais un décret ostensible à faire exécuter et d'autres que moi avaient apparemment des ordres secrets pour une mesure qui y était bien contraire. Le 3 septembre, veille du départ d'Orléans, un courrier m'apporta un paquet qui annonçait les massacres du 2 dans les prisons de Paris en m'insinuant d'en faire faire à peu près autant à Orléans. Je reçus ce paquet chez l'évêque, où étaient alors Bourdon la Crosnière et du Bail, auxquels je le communiquai, ainsi qu'à l'évêque. Ayant été appelé un instant hors du cercle, le paquet et le courrier disparurent pendant ce temps et je ne pus jamais ressaisir ce même paquet.

Je n'ai cependant pas perdu la trace de cet objet et je me réserve, dans un supplément à ce mémoire, de donner à cet égard des développements qui jetteront un grand jour sur les machinations secrètes de cette fameuse affaire des prisonniers d'Orléans.

Au lieu de vouloir aller à Saumur, la troupe prit la route de Paris et plus de quatre cents hommes m'entourèrent, la baïonnette au bout du fusil, en me disant que si je commandais d'autre marche, c'en était fait de moi.

Je semblai céder au voeu de la violence. Nous fîmes donc route pour Paris. Arrivé à Étampes, j'y ordonnai un séjour pour attendre les ordres ultérieurs du Corps législatif.

J'y reçus quatre commissaires du pouvoir exécutif qui me notifièrent un nouveau décret par lequel il nous était enjoint de ne point amener les prisonniers à Paris, mais de choisir tout autre département que nous jugerions à propos.

Je fis assembler toute la troupe dans une église pour lui faire part de ces nouvelles dispositions. Mais il ne me fut presque pas possible de me faire entendre. De tous côtés on s'écriait: «A Paris, à Paris, c'est à Paris qu'il faut aller! Et, si le général s'y oppose, il n'y a qu'à faire tomber sa tête.» D'autres disaient: «Il n'y a qu'à le dégrader, le chasser et en nommer un autre.»

J'étais bien résolu de mourir s'il le fallait pour l'exécution de la loi; mais, provisoirement, je ne vis pas d'autre parti à prendre pour apaiser ces vociférations et atténuer cette terrible effervescence que de renvoyer tout le monde et de remettre l'assemblée au lendemain à 8 heures.

Dans la nuit, je reçus une seconde dépêche du pouvoir exécutif, signée Roland, qui me recommandait sous ma responsabilité de ne point venir à Paris.

La troupe assemblée à huit heures, je fis part de cette nouvelle dépêche, et à l'unanimité, il fut décidé que l'on irait à Versailles.

Nous partons en conséquence pour Versailles avec les commissaires du pouvoir exécutif. J'allai en avant pour faire part de mes ordres au Conseil général de la Commune, et lui annoncer le dépôt que j'allais mettre sous sa sauvegarde. Alors le maire de Versailles, en conséquence d'un arrêté du département, m'engagea d'aller avec lui sur toutes les places pour en faire la proclamation au peuple.

Je trouvai assez étrange cette proclamation, qui disposa les esprits longtemps d'avance et donna le temps de concerter des projets qui n'eussent peut-être pas eu lieu sans cette annonce préalable et faite avec le plus grand bruit.

Quoi qu'il en soit, à la suite de la proclamation, le maire et plusieurs municipaux vinrent avec moi reconnaître les prisonniers à Villejuif. C'est de là que, continuant avec eux la route, nous sommes entrés dans
Versailles.

Arrivés à la grille de l'Orangerie, toute notre artillerie passe et tout à coup cette grille se ferme, le maire de Versailles d'un côté et moi de l'autre. Le peuple se saisit de mon cheval et de moi, en disant que si je remue on me coupe aussitôt la tête. Je suis conduit jusqu'au carrefour des Quatre-Bornes où l'on dételle les chevaux des voitures qui conduisaient les prisonniers. Là, la troupe s'aperçoit que ma vie est en danger. Elle fait casser la serrure de la grille à coups de hache par les sapeurs et vient avec la cavalerie à mon secours. Pendant ce mouvement, le peuple furieux saute sur les voitures, frappe les prisonniers et hélas! offre aux yeux effrayés le spectacle épouvantable d'une extermination sans réserve!!

Quel parti prendre? Je fis battre mes bataillons en retraite. Aurais-je été risquer le massacre de dix mille citoyens pour tenter le salut des malheureux conspirateurs?

Je dois dire que je n'ai trempé en rien dans les barbares et ténébreuses manoeuvres qui ont amené la fin tragique de ces prisonniers. J'ai été même la dupe et le jouet de ce long système de perfidie, ainsi qu'on a pu voir dans le narré que je viens d'offrir. Que de réflexions ne sont point à faire sur les différentes circonstances de cette expédition? Mais de ces réflexions, on ne négligera pas sans doute la principale. C'est qu'en général la patience du peuple était portée à bout dans ce moment, d'après les trahisons de toute espèce, dont la vengeance venait de lui coûter tant de sang, et que cette même patience était lassée, impatientée par le scandale de ces grands coupables affichant pendant longtemps l'assurance de l'impunité, par la transformation de leur maison de détention en un lieu de délices et de plaisirs, où ils se livraient sans contrainte à toutes les dissipations les plus recherchées, recevant sans cesse une nombreuse compagnie, entretenant hautement, et sans prendre la moindre peine pour s'en cacher, les plus actives correspondances avec tout ce qui était connu de plus contre-révolutionnaire à Paris, dans les départements et au delà; et au milieu de toutes ces occupations, ayant l'air d'être parfaitement d'accord avec tous les magistrats de la Haute-Cour, qui ne les distrayaient nullement, n'informaient, ni ne les les interrogeaient point: on a même assuré que plusieurs d'eux allaient habituellement faire leur partie, entendre les saltimbanques et partager tous les plaisirs de cette prison métamorphosée en asile de sybarites! Et une nation libre aurait pu contenir les effets de cette indignation à la vue de tant d'actes de perversité?...

Pièce de tragédie où l'on jouait le tribunal. Cette pièce a été imprimée.

Je me repentirai toute ma vie de n'avoir point arrêté en même temps le tribunal.

La Haute-Cour coûtait 1,500,000 francs par mois à la nation ou 35 millions (*sic*). Suis-je un conspirateur d'avoir fait cette épargne à la nation?

Dépôt des effets précieux des prisonniers: argenterie et effets, bijoux, hardes, billets au porteur, etc. Inventaire en fut fait par des commissaires de la Commune. Scellé, déposé à la Maison commune de Paris. Procès-verbaux détournés on ne sait par qui, malgré la surveillance et les perquisitions du Conseil général. On trouve quelques débris d'effets, mais les plus précieux sont disparus. J'ai retiré décharge des dépôts dans le temps tant des commissaires de la Commune de Paris que du garde-magasin. C'est l'intérêt public qui m'a porté depuis à vouloir me faire rendre compte. O Patrie, comme on te pille! etc., etc.

**FIN DES MÉMOIRES DE FOURNIER L'AMÉRICAIN**